Dominação e Submissão Erótica Vol. 6

Erika Sanders
Serie
Coleção Dominação Erótica

Sinopse

Este volume contém três títulos BDSM românticos e eróticos de alto conteúdo.

- Dominado por seu jovem funcionária mexicana:

Patrick é dono de uma loja de frozen yogurt onde vários funcionários trabalham.

Entre esses funcionários está uma jovem mexicana, Katy, com quem Patrick fantasiou em várias ocasiões.

Um dia, enquanto aguardavam clientes, surge uma conversa nunca prevista ou esperada por Patrick ...

- Vadia nazista (Interracial):

Paris no final de 1940.

Sede da Gestapo.

O departamento FEM1 é o departamento onde as prisioneiras capturadas pela Gestapo são interrogadas.

Vicky é chefe de um departamento formado exclusivamente por mulheres lascivas que são avisadas da chegada de um novo prisioneiro ...

- Garganta profunda (BDSM):

Julieta é uma investigadora que para resolver seus casos não hesita em quebrar um pouco as regras se necessário.

Sua irmã Bárbara a contrata porque ela tem um problema de chantagem sexual em sua empresa.

Ela quer que Julieta encontre alguns vídeos BDSM comprometedores e os exclua.

Julieta, quando vai deletar aqueles vídeos, é tomada pela curiosidade e começa a reproduzi-los.

Neles ele vê sua irmã em atos sexuais BDSM que começam a intrigá-lo ...

Dominado por seu jovem funcionária mexicana, Vadia nazista (Interracial) e **Garganta profunda (BDSM)** são histórias com forte conteúdo erótico em BDSM e, por sua vez, também pertencentes à coleção Erotic Domination, uma série de romances com alto conteúdo em BDSM.

(Todos os personagens têm 18 anos ou mais)

Nota do autora:

Erika Sanders é uma escritora internacionalmente conhecida, traduzida em mais de vinte idiomas, que assina seus escritos mais eróticos, longe de sua prosa usual, com seu nome de solteira.

Índice:

DOMINADO POR SEU JOVEM FUNCIONÁRIA MEXICANA (DOMINAÇÃO ERÓTICA)

DE

ERIKA SANDERS

CAPÍTULO 1

Uma chuva do início da primavera atingiu o estacionamento, baixando a temperatura para um novo nível.

Dentro da sorveteria, Katy dividia uma das mesas redondas com seu chefe, Patrick Adams, esperando os clientes que sabiam que seria raro aparecerem devido ao mau tempo da tarde.

As nuvens negras da tempestade ativaram os sensores eletrônicos das luzes do estacionamento, lançando alguma luz na escuridão lá fora.

Dentro da tenda bem iluminada, Patrick sorriu ao ver o leve rubor nas bochechas de Katy.

"WOW, o que você está lendo que pode fazer você corar?"

"Pornô", respondeu Katy, olhando diretamente para ele, embora suas bochechas estivessem vermelhas de vergonha.

Quando Patrick riu, ele viu seu constrangimento desaparecer quando seus olhos se estreitaram.

"O que há de tão engraçado nisso?"

Patrick considerou por onde começar a listar as coisas engraçadas de sua resposta.

Katy Gonzales tinha todas as qualidades para ser muito inocente.

Seu comportamento alegre combinava com sua pele e cabelos escuros, olhos negros e manchas de sardas na ponta do nariz.

Ele a contratou porque ela era alegre e uma mexicana muito bonita e era disso que os clientes da região gostavam.

Rápida e inteligente, ela ria com facilidade e tratava os clientes rudes com uma paciência que não seria esperada de um jovem de vinte anos.

Uma vez, ele tentou dar a ela um lugar de convidado em uma de suas fantasias.

Acariciando seu pau duro, ele passou a imaginar seus seios nus antes de desistir e substituí-la por outra pessoa.

Katy Gonzales era boa demais para estrelar uma de suas delícias masturbatórias.

"Bem, como você corou", disse ele.

"Então, o que você usa quando faz isso sozinho? Provavelmente vídeos, certo?"

"Normalmente," ela disse, se perguntando se suas bochechas também estavam ficando rosadas. "Então, que tipo de coisas você está lendo, romances eróticos?"

"Ei, você não está nem perto. Diga-me que tipo de pornô você gosta de assistir e eu direi o que eu gosto de ler."

Considerando sua condição, Patrick sentiu uma agitação no colo ao se imaginar dizendo a verdade.

Ele não iria.

De maneira nenhuma.

"As coisas de sempre," ele se cobriu com isso, ganhando outro tipo de olhar duro dela. "Sério, e apenas de homem para mulher. Agora é a sua vez."

A resposta dela o surpreendeu.

"Principalmente BDSM duro erótico".

Quando Patrick começou a rir novamente, ele ganhou outro olhar penetrante, mas não conseguiu evitar.

A ideia dessa garota doce e inocente lendo algo áspero era divertida o suficiente em si mesma, mas BDSM?

Ele lutou para parar de rir.

"Sinto muito. Só não sei, não esperava essa resposta." Katy não parecia magoada com sua risada, ela parecia zangada. Sua alegria se desvaneceu. "Então, qual é a atração que isso tem para você?"

"Esteja no controle", disse ele. "Faça as pessoas fazerem as coisas que eu quero."

Patrick riu novamente.

Ele gostava da personalidade de Katy, mas era sua ética de trabalho que precisava ser melhorada.

Ela era preguiçosa, nunca mostrou um único traço de liderança.

"Como que?"

"Tudo. Qualquer coisa", Katy respondeu com um encolher de ombros. Coisas estranhas. Quanto mais estranho, melhor. Havia uma expressão distante em seus olhos quando ele olhou para um ponto na parede logo acima de seu ombro.

Ela estremeceu.

"Eu acho que seria bom ter uma verdadeira escrava sexual."

"Bem, avise-me quando aceitar inscrições de velhos na casa dos quarenta."

Mais uma vez, sua resposta o surpreendeu.

"Você está se oferecendo?"

Patrick considerou a bela morena mexicana por um longo momento.

Ela poderia estar falando sério?

"E se você não estiver brincando?" Ele perguntou.

"E se eu não for o Sr. Adams? Você realmente quer ser uma ferramenta sem direitos, forçada a me adorar sem uma promessa de libertação e realizar todos os meus desejos, não importa o quão doentios ou distorcidos possam ser?"

Ele sustentou seu olhar antes de rir.

"Agora quem é o curinga?"

"Mostre-me", disse ela, sem sorrir.

"Mostrar que?"

"Você me ouviu. Se você quer fazer isso, então vamos fazer. Mostre-me. Bem aqui. Agora mesmo."

"Você ficaria louco se eu fizesse."

"Não, eu não faria. Mas eu teria aceitado você em meu serviço."

"O que você quer dizer com 'iria'?"

Ela deu um tapinha na mão dele.

"Os escravos têm que ser fortes, Sr. Adams."

"Você está dizendo que eu sou fraco?" ele perguntou, se perguntando novamente se era um jogo.

"Estou dizendo que você não foi feito para uma vida inteira de serviço e que acabou de provar isso."

"Me pergunte de novo."

"Resposta errada", ele riu.

Ele levou um momento para entender por que estava errado.

"Sinto muito", disse ele, percebendo que não era sua função pedir nada a ela.

"Obrigado, assim está melhor", reconheceu.

Inclinando a cabeça para o lado, ela considerou por um momento com um meio sorriso no rosto.

"Fica duro para mim e podemos tentar de novo."

Patrick sentiu sua força de vontade enfraquecer.

Ela havia comprado uma academia na esperança de conhecer mulheres de alto calibre.

Por três meses, ele trabalhou em seu corpo de meia-idade.

Apertando e tonificando seu corpo de uma forma que a versão de vinte e poucos anos dele nunca tinha feito.

Orgulhoso de seu novo corpo, ele ficava frustrado toda vez que passava um tempo com outra mulher de sua idade.

Ele merecia coisa melhor, mas três meses depois de fazer isso ele estava cansado.

Olhando para a frente de sua calça cáqui de trabalho, ele percebeu o início de uma ereção.

"Você sabe que eu realmente vou fazer isso certo?"

"Estou ansiosa por isso", disse ela, sorrindo enquanto seus olhos piscaram para sua virilha.

"Você quer ir para a sala dos fundos?" ele perguntou, sentindo sua ereção atingir comprimentos aceitáveis.

"Não. Bem aqui. Agora. Levante-se, tire as calças e me mostre. Se você não for durão, o negócio está cancelado."

"E se eu for?"

Inclinando-se sobre a mesa, ele apoiou o queixo na palma da mão e sustentou o olhar dela.

"Então é hora de você tocar para mim. Agora me mostre, vadia."

No declive dos anos 40, ele estava velho demais para isso.

Ele sabia melhor do que ninguém.

Ele estava arriscando sua reputação e seu trabalho.

Com vinte e poucos anos, Katy era atraente e vibrante demais para desejá-lo.

Eu sabia que isso era apenas um jogo para ela.

E se isso acontecesse?

Arriscar seu futuro não o impediu, embora pudesse estar perdendo um bom membro da equipe semanas antes que as coisas ficassem agitadas.

Mas a vida é feita de pequenas escolhas feitas na hora.

Trabalhando em seus passos, ela desafivelou o cinto.

Também o botão no topo de sua calça cáqui e abriu o zíper enquanto ele olhava para ela.

Katy sustentou seu olhar, seus olhos nunca deixando os dele.

Alcançando sua cueca, ela colocou a mão na haste longa e firme de sua masculinidade.

Ele acariciou o instrumento de seu prazer, perguntando-se qual seria sua reação.

Embora ele não fosse abençoado com as proporções de pornstar, Patrick não tinha vergonha de seu comprimento ou circunferência.

Ele sabia que tinha mais do que a maioria e aqueles com mais do que ele eram poucos.

Deixando a cabeça abaixo tomar a decisão final, ele se levantou.

Os olhos de Katy seguiram os dele enquanto ela se levantava.

Patrick olhou ao redor do estacionamento escuro e vazio.

Alguém podia andar perto das janelas, mas ninguém havia feito isso na última hora.

Ele baixou as calças e boxers, expondo seu pau duro para a jovem.

De pé com as mãos nos quadris nus, ela balançou a cabeça.

O olhar de Katy deslizou por seu corpo até que seus olhos pousaram em sua masculinidade inchada.

O aceno que seu pênis deu a seu olhar foi involuntário.

Sua expressão séria nunca mudou, embora ele tenha visto as pupilas de seus olhos se arregalarem.

Ele sorriu.

"Agora seu idiota", disse ela.

"Aqui agora?"

Seus olhos voltaram para os dele, estreitos e intensos.

"Eu não me expressei muito bem?"

Depois de dar outra olhada no estacionamento, ele deu a seu pênis duro alguns golpes experimentais.

Sim, ele estava duro, mas ele estava animado o suficiente para produzir um orgasmo rapidamente?

Ele continuou acariciando.

Ela o encarou, observando sua mão se mover com o mesmo olhar imparcial em seu rosto, como se o estivesse observando ler ou preencher papéis.

Ainda assim, ela estava olhando para ele.

Ele sentiu uma onda de emoção por ele, levando-o a seguir em frente.

Olhando para trás, para o estacionamento vazio, ele olhou além dele, para os carros que passavam pelo centro.

Isso era uma loucura.

Alguém pode ver.

Não da estrada, mas se eles chegassem ao centro, eles o fariam.

Dentro da loja brilhantemente iluminada, ele estaria em exibição para qualquer mãe que fizesse tarefas enquanto as crianças estavam estudando ou aposentados entediados demais para assistir à TV.

E quanto aos seus vizinhos?

Ele trabalhou em seu pênis mais rápido.

Quanto antes ele viesse, mais cedo ele poderia se vestir.

Ele sentiu seu entusiasmo crescer.

Ele estava perto, chegando mais rápido do que esperava.

Uma semana de celibato involuntário trabalhou a seu favor.

"Tão perto", ele murmurou.

"Venha para a mesa", disse Katy, observando sua expressão tanto quanto suas mãos trabalhando em seu pau duro.

Havia uma sugestão de sorriso no canto direito de sua boca e um brilho em seus olhos azuis quando ele atingiu o pico.

Seu pênis explodiu, espalhando seu orgasmo em uma linha solta de uma extremidade da mesa à outra.

A risada de Katy não foi a reação que ela esperava.

"Foi bom", disse ela. "Agora lamba."

Depois que um último arrepio de prazer desceu por seus ombros, Patrick olhou para ela com olhos arregalados e sobrancelhas arqueadas.

Ele olhou para seu sêmen disposto em um fluxo ondulante de linhas pontilhadas e pequenas poças na mesa de mármore falso.

Ele sabia que a mesa estava limpa, ele era meticuloso em manter seu negócio limpo.

Seu largo sorriso disse a ela tudo que ela precisava saber.

Ela não achou que ele faria.

Com suas calças e cuecas ainda em torno de seus joelhos, segurando seu pau duro, ela se inclinou e lambeu a bagunça que havia produzido.

Ele trabalhou de uma ponta à outra da mesa, testando o tampo de fórmica e também a semente ejetada.

Ele olhou para cima e examinou o estacionamento e a porta da frente.

Ninguém tinha visto isso.

Depois de terminar, ele hesitou antes de puxar as calças.

"Posso me vestir?"

"Você aprende rápido", disse ele.

Ela agarrou suas bolas, observando sua mão acariciando-as por um momento antes de olhar para ele.

"Se fizermos isso, eu possuo isso. Tem certeza que é o que você quer?"

"Sim senhora."

Ela acariciou seu pau ainda duro.

"Encoste-se naquela parede e espere por mim", disse ela, como se tivesse se decidido.

Com as calças ainda em volta dos joelhos, exposto a qualquer um que pudesse dirigir ou passar por sua loja, Patrick foi até onde ela indicou.

Atrás do balcão, Katy tirou o celular da bolsa.

Telefones celulares não eram permitidos durante o horário de trabalho.

Ligando, ela apontou sua câmera para ele e tirou uma foto antes de se mover para ficar na frente dele.

"Vista-se", disse ele, sentando-se à mesa.

Patrick vestiu as roupas novamente e se juntou a ela.

O telefone de Katy mostrava uma imagem dele em pé ao lado do logotipo pintado na parede.

Abaixo da imagem havia dois botões, salvar e excluir.

Ela colocou o telefone na frente dele.

"Agora sua escolha. Um botão leva à sua destruição. O outro?" Ela encolheu os ombros. "Acho que o outro significa que acabei de receber um programa gratuito."

"Minha destruição?"

Katy cobriu o telefone com a mão.

"Estou falando sério, Sr. Adams. Meu papel passa a ser encontrar seus limites e empurrá-lo para além deles. Quanto mais você se contorcer, mais divertido se torna para mim. A disciplina é apenas parte do negócio. Se você falhar, eu enviarei essa foto para a sede corporativa."

"No entanto, é um jogo de sexo, certo?"
"Para um de nós, será."
Quando ela moveu a mão, ele apertou o botão Salvar.

CAPÍTULO 2

"Umbrella é sua palavra segura", disse ele, pegando o telefone da mesa e colocando-o no bolso.

Ele explicou o que significava uma palavra segura, como ele a chamaria de a única Senhora quando eles estivessem sozinhos, e a diferença entre viver no mundo e ser "do" mundo.

"Você vive neste mundo, mas não é mais dele. Você não tem direitos. Ninguém deveria saber do nosso acordo. Minta para todos, exceto para mim."

Conforme ele progredia em sua lista de instruções e regras, as dúvidas de Patrick começaram.

Ela claramente havia pensado nisso com muito mais detalhes do que ele havia imaginado.

Quando ele terminou, ele pegou o telefone novamente com a foto dele em pé na frente do logotipo.

Novamente, havia duas opções, aumentar ou cancelar.

"Se você clicar em upload, ele será salvo em uma pasta privada na Internet. Se você clicar em cancelar, excluiremos a imagem do meu telefone e esqueceremos tudo."

Ele hesitou antes de pressionar carregar.

"Você é uma vadia estúpida do caralho", disse ela, rindo e voltando para o balcão.

Ele presumiu que ela estava guardando o celular.

Em vez disso, ela trouxe sua bolsa de volta para a mesa e se sentou.

"Você pode ficar duro de novo?"

"Sim", disse ele, a expectativa de seu próximo pedido o excitou.

"Bom. Jogue fora sua cueca, você não vai precisar mais dela e deixe-me ver o quão duro você consegue voltar."

Reconhecendo sua falta de escolha no assunto, Patrick tirou os sapatos, tirou a calça e a cueca e jogou fora a boxer.

Sentado sem nada próximo a ela, ele esfregou seu pênis novamente. Não demorou muito.

"Ótimo. Coloque suas calças no caso de alguém entrar."

Aliviado por ter permissão para se vestir, ele colocou as calças de volta.

"Obrigado, Senhora," ele murmurou, usando seu novo título pela primeira vez.

Abaixo da frente plissada, sua ereção ainda era óbvia.

"Você tem uma câmera no seu telefone?"

"Sim senhora."

"Bom. Então você deve me enviar uma foto do seu pau duro a cada cinco minutos. Exatamente a cada cinco minutos. E não uma foto dela através das calças, mas do seu pênis nu, entendeu?" Segurando sua bolsa, ela tirou as chaves do carro e se levantou.

Patrick assentiu.

"Onde você vai?"

"Você não pode me perguntar mais isso, vadia."

"Sinto muito, senhora", disse ele, perguntando-se como ainda podia ser seu chefe no trabalho.

Isso ainda se aplica?

Procurando no menu de seu telefone, ele encontrou um cronômetro e o configurou para cinco minutos.

Perdido em pensamentos, ele teve que reviver sua ereção para sua primeira foto.

Entediado, ele caminhou pela loja, andando até que mais cinco minutos se passassem.

Desta vez, sua ereção estava esperando por sua foto.

Ele abriu o zíper, tirou o pênis, tirou a foto e estava ocupado enviando quando alguns faróis se moveram pelo estacionamento.

Ele percebeu que estava à vista do carro com seu pau duro saindo da calça.

Ele deu as costas para a janela, terminou de enviar a mensagem e colocou seu pênis de volta no lugar.

Durante os alertas subsequentes em seu cronômetro, ele permaneceu cauteloso.

Nove vezes, ele enviou a Katy fotos de seu pau duro.

Após o segundo, ele despachou o resto da relativa privacidade de seu escritório, confiante de que estavam protegidos de olhares indiscretos.

Ele estava se preparando para tirar sua décima foto da tarde quando a porta de serviço se abriu.

Afastando-se da porta aberta, ele se atrapalhou com seu telefone e escondeu seu pau, deixando cair o telefone no chão antes de ouvir a risada de Katy.

"Vire-se", disse ele.

Ele o fez, seu pau duro saindo de sua abertura.

Ele viu o sorriso encantado em seu rosto e era bom fazer parte dela.

Caminhando ao redor dele, Katy passou as mãos por seu corpo.

Ela agarrou seus peitorais, apertou sua bunda e, por alguma razão, beliscou uma de suas orelhas.

De pé na frente dele, ela acariciou seu pau duro.

Era estranho ter esse jovem funcionário dele o tocando tão intimamente.

Muitos centímetros mais baixo que ele, ela o observou esfregar seu pênis.

"Você tem sido um bom menino", disse ele. "A cada cinco minutos, na hora certa, você me mandava uma foto. Isso merece uma recompensa. Você sabia que eu adoro chupar pau, Sr. Adams?"

"Não, senhora", disse ele, seu pau latejando dentro de sua mão.

"Mm sim. Eu amo a sensação de um bom pau longo e duro entre meus lábios. Você sabe a melhor parte sobre chupar um pau, Sr. Adams?

Senti-lo explodir dentro da minha boca. Porra, eu amo essa sensação. Eu Eu fico molhado só de pensar nisso. Seria uma boa recompensa, Sr. Adams? Gostaria de sentir meus lábios quentes e úmidos ao redor do seu pau duro?

"Sim, senhora", disse ele, embora tivesse certeza de que seu pau latejante era a resposta para ela.

"Ou talvez você prefira me ver nua. Gostaria disso, Sr. Adams? Quer ver como fico nua? Sei que não tenho seios grandes, mas eles são empinados e meus mamilos são realmente longos. Todo mundo adora meus mamilos. Você gosta dos Buceta raspada? É assim que mantenho a minha bonita e macia. Quer me ver nua, Sr. Adams?

Ele sentiu sua boca ficar seca.

Ela o estava traindo?

Houve uma resposta melhor do que outra?

"Sim, senhora," ele repetiu, animado com a ideia.

"Hm, o que devo fazer, Sr. Adams? Devo chupar você ou devo deixar você me ver nu?"

Sua necessidade havia crescido muito.

Forçado a escolher, ele escolheu a resposta que incluía um orgasmo em sua boca para si mesmo.

Ela olhou para ele com as sobrancelhas levantadas, esperando uma resposta para sua pergunta.

"Um boquete seria bom, senhora."

"Resposta errada", disse ela, ainda esfregando-o. "Você gostaria de tentar uma segunda vez?"

"Vê-la nua seria um privilégio, senhora," ele rapidamente corrigiu.

"É verdade, deveria ser um privilégio me ver nua, mas ainda é a resposta errada."

Patrick se sentiu perdido e confuso.

Como as duas respostas podem estar erradas?

Ignorando o olhar confuso em seu rosto, ela pressionou para frente.

"Fique nu," ela disse a ele, dando um passo para trás e observando enquanto ele tirava as roupas.

Ele tirou tudo, desde a camisa com o logotipo até os sapatos e meias.

"Ok, agora se incline e agarre seus tornozelos."

Ele fez o que lhe foi dito, sem saber o que esperar até que aconteceu.

Usando uma das espátulas de cabo comprido que eram usadas para limpar as máquinas de iogurte, Katy o espancou.

A ferramenta de qualidade de restaurante deu um grande estrondo ao ricochetear em sua bunda esquerda.

Um momento depois, ele sentiu a picada de seu ataque.

Ela o seguiu com um segundo golpe na nádega direita.

Mais uma vez, ele experimentou um atraso momentâneo antes que seu corpo registrasse a dor do golpe.

Mais e mais, ela bateu nele, alternando nádegas e localizações precisas até que sua bunda ficou quente e queimando.

Ele estremeceu a cada golpe nas costas.

Finalmente parou.

"Mantenha seus olhos para frente", ele ordenou.

Ele ficou congelado no lugar, incapaz de ver ou adivinhar o que estava fazendo até sentir.

Ela estava pressionando algo contra seu ânus.

Eu não sabia do que se tratava.

Ele adivinhou que não era um dedo e ela o lubrificou de alguma forma.

Parecia desconfortável, mas ele era magro e ela foi gentil em trabalhar dentro de seu ânus.

"Fique aí ou vou bater em você de novo", disse ele, resolvendo o mistério.

Ele empurrou o cabo da espátula em sua bunda.

Quando ela o soltou, ela o sentiu ameaçar escorregar de sua bunda e o apertou, desejando que ele ficasse no lugar.

Ela se moveu na frente dele, agarrando seu queixo e virando seu rosto para o dela.

Ela resolveu um segundo mistério para ele.

"A resposta correta era 'O que você quiser, Senhora.' Ela tirou o brinquedo improvisado da bunda e ele a ouviu jogá-lo na pia. "Você pode ficar nu. Posso decidir recompensá-lo mais tarde."

"Obrigado, senhora", disse ele, sentindo-se vulnerável e exposto.

A campainha tocou e Katy deu um passo à frente, deixando-o.

Ele a ouviu falar com o cliente com sua alegria habitual.

Esperando que estivesse tudo bem, ele se levantou.

Sua bunda doía, mas seu pau ainda estava duro.

Ele passou o resto do dia escondido na sala dos fundos.

No final do dia, ela voltou para casa com necessidade de um orgasmo e com uma lista de suprimentos no bolso.

"Ligo para você amanhã e começaremos seu treinamento", disse ela, deixando-o nu na sala dos fundos da loja.

CAPÍTULO 3

Eram onze e meia da manhã quando seu telefone tocou com uma mensagem de Katy pedindo seu endereço.

Ao meio-dia, ela apareceu em seu degrau da frente.

Patrick havia completado sua lista, raspado seu pau e bolas, e estava ansioso com ansiedade quando abriu a porta para ela.

De pé no pequeno corredor, ela o observou, passando a mão por sua calça sobre sua pele raspada.

Seu pênis dançou por atenção.

"Você está precisando?" ela perguntou.

"Sim senhora." Ele era assim.

Ele passou a noite e sua manhã excitado e duro.

"Você quer um orgasmo?"

"A vontade dele, Senhora," ele disse, tomando cuidado para não repetir o erro de ontem.

Ele viu seu sorriso, pegando sua resposta cuidadosa.

"Você aprende rápido", disse ela, agarrando-o pelo pau e guiando-o para sua casinha.

Foi sua primeira visita e ela fez um tour pelo bangalô de dois quartos e dois banheiros.

Ela o estava empurrando atrás dela enquanto se movia de sala em sala.

Morando sozinho desde o divórcio, Patrick manteve seu espaço meticulosamente limpo.

Ela parou na frente de sua cômoda.

"Abra sua gaveta de roupas íntimas."

Quando ele abriu a primeira gaveta, ela balançou a cabeça.

"O que é isso?" ela perguntou, segurando uma cueca samba-canção.

"Roupa interior?" ele respondeu confuso.

"Eu não disse que você não precisaria mais deles?"

"Sim, senhora", disse ele, contorcendo-se.

Ela estava em casa há menos de dez minutos e ele já a desapontou.

"Que tipo de homem dobra a cueca?" ele perguntou, puxando cada par de boxers e jogando-os do outro lado da sala.

Deixando-o de pé em seu quarto, ela voltou da sala principal com o pacote de prendedores de roupa de sua lista de compras.

Abrindo o pacote de clipes de plástico, ele começou a prender os clipes coloridos em suas bolas, um após o outro.

A dor era intensa.

Conforme ele adicionava cada clipe, seu pau balançava e latejava.

"Aí está", disse ela, recostando-se para admirar o trabalho dele. "Dez pares de cuecas. Dez prendedores de roupa. Agora pegue a boxer com os dentes e jogue fora."

Patrick ficou de quatro e rastejou pelo quarto.

Um por um, ele pegou uma cueca boxer com a boca, levou-a para a lata de lixo no canto e jogou-a dentro.

Os prendedores de roupa em suas bolas pareciam picadas de abelha, mas seu pau continuava duro.

Ele estava no último par quando um dos prendedores de roupa saiu de suas bolas.

Qualquer esperança que ele tivesse de que ela não percebesse ou se importasse rapidamente desapareceu.

"Bastardo inútil", disse ele, levantando o clipe de plástico. "Levante-se."

Ele fez.

Ela recolocou a braçadeira e acrescentou mais uma em cada um de seus mamilos.

"Espere aqui," ele instruiu, voltando para a outra sala novamente.

Virando-se, ela usou um pedaço de corda para amarrar suas mãos atrás das costas.

Então, ela enrolou um lenço em volta dos olhos dele, cegando-o.

Com as mãos em seus ombros, ela o virou e o encostou na parede.

Ele estava de pé, ouvindo com atenção.

Ele a sentiu ainda na frente dele.

Se eu olhasse por cima de seu nariz, ele poderia ver seu pau duro, os prendedores de roupa em seu corpo e seus pés.

Sentindo algo macio contra os dedos dos pés, ela olhou para baixo para ver uma calcinha descansando em seus dedos.

Um momento depois, eles foram unidos com um sutiã.

Seu pênis latejou quando percebeu que Katy também havia se despido e a ouviu mover-se para a cama.

Ele lutou contra a vontade de erguer o queixo para que pudesse ver sua cama.

Escutando, ele ouviu seus gemidos suaves de prazer e o som leve e úmido de dedos esfregando uma boceta.

Ele ouviu seu suspiro quando um orgasmo a atingiu.

Quando ela colocou dois de seus dedos dentro de sua boca, ele provou seu sexo pela primeira vez.

"Quando você estiver pronto para tentar me servir adequadamente, estarei na sala de estar. Tire essa merda e junte-se a mim."

Olhando por cima da ponte do nariz, ele a viu pegar a calcinha e o sutiã antes de ouvi-la sair do quarto.

CAPÍTULO 4

Quando ele moveu as mãos, foi fácil para ele desfazer o trabalho que ela havia feito batendo em seus pulsos.

Ele achou interessante que ela não o tivesse amarrado com mais força.

Com as mãos livres, ele removeu a venda.

O pacote aberto de prendedores de roupa ainda estava em sua cama.

Ele removeu as doze pinças que estava usando, colocou-as de volta na bolsa e foi para a outra sala.

Ele encontrou Katy nua na mesa da sala de jantar, onde colocara os suprimentos de sua lista.

Seu pequeno traseiro escuro e firme era tão bronzeado quanto suas costas.

Ela se virou quando o ouviu.

"Você parece bem", disse ele, sorrindo.

"Obrigado, Senhora", disse ele.

Seu pênis latejava enquanto ele gostava de vê-la tão lindamente nua.

"As bolas doem?"

"Um pouco", ele admitiu.

"Relaxe", disse ele, abrindo alguns pacotes. "Isso é para ser divertido, lembra?"

Ele queria perguntar quem, mas ele ficou em silêncio.

Muitos brinquedos, ele meditou.

Quando ela olhou para ele, seus olhos absorveram a beleza de seu corpo jovem e nu.

Ele admirou seus seios firmes e empinados e os mamilos longos e duros que se erguiam orgulhosamente daquelas ondas gêmeas.

Abaixo de sua barriga lisa, ele viu que ela estava raspada.

Sua boceta parecia inchada de seu orgasmo recente.

"Você tem algo para comer por aqui?" ela perguntou, virando-se e indo para sua cozinha.

Ela abriu a geladeira como se fosse dela.

Pondo de lado duas xícaras de iogurte, ela vasculhou as gavetas da cozinha até encontrar duas colheres.

Puxando o topo de um, ele o segurou na frente de seu pênis.

"Se masturbe", ela disse a ele.

Carente, Patrick começou a acariciar seu pênis.

Ela olhou para ele com uma expressão de satisfação nos olhos.

"Foda-se, você está gostosa", disse ele.

Quando seu orgasmo se aproximou, ela apontou a cabeça do pênis para o recipiente aberto de iogurte.

Ela não precisava ser informada de que era aqui que ela queria seu orgasmo.

A força de seu orgasmo agitou o iogurte.

"Bom", disse ela, mexendo o iogurte antes de entregá-lo com a colher ainda no copo.

Ele pegou o outro do balcão.

"Vá em frente. Aproveite", disse ele, colocando uma colher do iogurte, sem mexer, na boca.

Patrick comeu o seu, ciente de que ele estava comendo seu esperma ao mesmo tempo.

Ele ficou humilhado e animado com a ideia.

Os olhos de Katy dançaram sobre ele tão abertamente quanto seus olhos a absorveram.

"Como está o iogurte?" ela perguntou.

"Bom", disse ele, sem saber se havia provado o sêmen.

"Quanto tempo vai demorar até você ficar duro de novo?"

"Não sei", admitiu.

Seu pênis havia perdido a firmeza, mas ele ainda estava gordo e parecendo carnudo.

"Vou torturá-la até que fique duro de novo", disse ele antes de enfiar outra colher de iogurte entre os lábios.

Ele se perguntou se ela poderia parecer ainda mais emocionante.

"Como desejar, Senhora," ele respondeu, experimentando uma estranha mistura de medo e emoção.

CAPÍTULO 5

Terminando o iogurte, ela encontrou um copo alto em seu armário e o encheu de água.

Ele percebeu como havia ligado o filtro de água antes de encher o copo.

Ele entregou a ela e ela disse-lhe para beber.

Depois que ele engoliu o copo d'água, ela o encheu novamente.

"Outra vez."

Demorou mais para beber o segundo copo grande.

Ele encheu o copo pela terceira vez.

"Não tenha pressa", disse ele, "não é uma corrida."

Ele tomou um gole de água, sentindo-se inchado com os dois primeiros copos.

Sentando-se à mesa, ela pegou a corda mais fina de sua lista.

Era um quarto de polegada de náilon.

Com uma tesoura, cortou um metro de comprimento e depois abriu um pacote de isqueiros.

Envolvendo cuidadosamente a ponta cortada da corda sobre a chama, ele fundiu os fios.

Patrick ficou fascinado.

Movendo-o mais perto, ela enrolou um laço de corda em torno de suas bolas.

Enquanto ele observava, ela fez uma única bobina, passou a extremidade cortada pela bobina, ao redor do comprimento da corda e de volta pela bobina.

"Chama-se nó de bolinha", disse ele. "É bom por dois motivos. Primeiro, porque é fácil de desamarrar. Segundo, uma vez feito, não vai apertar."

Ela apertou a corda em volta da parte superior de sua bolsa de bolas e deu o nó.

Foi apertado, mas não interrompeu a circulação.

"Entende?" ela perguntou.

Quando ela puxou a corda, ele foi forçado a se mover em sua direção.

Fazendo uma segunda linha de arco na extremidade oposta da corda, ele formou um segundo laço.

Ele estremeceu quando ela puxou a corda.

"Perfeito. Agora vire-se e incline-se, estive esperando para testar esse menino mau."

Antes de se virar, Patrick a viu pegando a pá de couro que estava em sua lista.

Vários dos itens de sua lista exigiam uma visita a uma loja especializada em uma parte desagradável da cidade.

A loja ofereceu especialmente tatuagens, piercings, uma linha completa de acessórios de "tabaco" e uma área exclusiva para adultos que apresentava uma grande variedade de acessórios para "casamento".

Junto com a variedade esperada de vibradores, dildos, plugues e lubrificante, havia uma seção inteira dedicada a chicotes, correntes, pás, acessórios de couro e outros itens que o encheram de terror tanto quanto o excitaram.

Depois de um dia sendo provocado por Katy, ele achou isso muito emocionante.

Foi lá que encontrou a corda, a espátula e muitas outras coisas depositadas na mesa.

Katy o acertou com a pá, acertando-o repetidamente até que sua bunda esquentasse como ontem.

A pá cobriu ambas as nádegas, embora ela demonstrasse seu objetivo alternando entre elas.

Ela ria enquanto trabalhava e quando parava, sua bunda estava queimando e sensível.

"Você já está duro?"

"Não, Ama," ele relatou.

Ela bateu nele novamente.

"Beba um pouco mais de água, descanse e tentaremos novamente em alguns minutos."

De pé à mesa, ele a observou medir cordas mais grossas.

Depois de cortar diferentes comprimentos, ele derreteu as pontas antes que pudessem se desgastar.

"Trabalhar com cordas é uma arte." Ela falou sobre páginas da web dedicadas à prática e como costumava praticar com a namorada. "Nunca fiz isso antes e só tocamos com uma corda", explicou. "Ela não é muito boa em amarrar, mas foi gentil o suficiente para me deixar praticar. E acho que ela gostou."

Pegando suas cordas, ela arrastou uma cadeira da mesa para a sala de estar.

Ele fez Patrick se deitar no assento de peito e estômago.

Trabalhando rapidamente com as cordas, ela amarrou os pulsos em duas pernas e fez o mesmo com os joelhos, deixando as costas expostas.

Ajoelhando-se na frente dele, ela ofereceu-lhe um gole de seu copo d'água.

"Beba", disse ela, derramando a água mais rápido do que ele conseguia beber.

Movendo-se atrás dele, ele puxou a corda que ainda estava pendurada em suas bolas.

Patrick foi impotente para impedi-la de fazer isso.

"Você já está duro?"

"Não, senhora," ele disse, imaginando como poderia ficar duro se ela o machucasse.

"Ah, isso é muito triste", disse ele, voltando à mesa para pegar uma pá.

Ela deu-lhe alguns golpes, recuperando rapidamente a dor aguda de sua surra anterior.

"Que tal agora?"

"Não, Senhora," ele repetiu, sentindo-se impotente.

"Talvez isso ajude."

Patrick sentiu um dedo empurrar em seu traseiro exposto.

Ela empurrou o mais fundo que pôde.

Puxando o dedo, ele fez isso novamente com um segundo dedo.

Ela torceu os dedos, esticando e lubrificando-o.

Ela substituiu os dedos por um plug anal.

Alcançando entre suas pernas, ela acariciou seu pênis.

Seus dedos ainda estavam escorregadios por causa do lubrificante.

Ela esfregou até que seu pênis estava duro novamente.

"Muito melhor", disse ele.

Parada na frente dele, ela pegou suas roupas do sofá onde as havia deixado.

Ela vestiu.

Parando para lhe dar outro gole d'água, ela deu um tapinha na cabeça dele.

"Não vá a lugar nenhum", disse ela e ele a ouviu ir.

CAPÍTULO 6

Patrick não sabia quanto tempo havia passado amarrado à cadeira com o plug anal na bunda.

Ele supôs que demorou meia hora, mas não tinha como medir o tempo.

Ele tentou contar, marcar o tempo, mas achou duro fazer isso de forma consistente.

Contando lentamente, chegou a seiscentas e duas vezes, mas sabia que havia perdido a conta mais duas vezes quando pensou que ela voltaria em breve.

E ele não tinha certeza de quanto tempo esperou antes de começar a contar.

Algum tempo, ele tinha certeza. Cinco minutos? Dez?

Sua bunda doía com a surra.

Seu pênis permaneceu inchado.

Porra, ela era tão bonita.

Onde ela estava?

Quando eu voltaria?

Você realmente jogou jogos de empate com sua namorada?

Qual namorada?

Eles se revezavam se amarrando assim?

Ele começou a contar novamente.

Quando chegou aos trezentos, decidiu que faltavam mais cinco minutos.

Ele estava distraído pela necessidade de urinar.

Era disso que se tratava a água?

Ele começou a contar novamente, primeiro de trezentos e um e então decidiu que não importava.

Ele começou a conta novamente a partir de um.

O nariz de Patrick coçou.

Ele o moveu o melhor que pôde.

E se algo tivesse acontecido com ele?

Quem iria encontrar assim e quanto tempo demoraria?

Ele poderia gritar, mas ainda não.

Ele começou a contar em voz alta.

"Um dois três ..."

Atingiu seiscentos novamente.

Perdido em pensamentos preocupados, ele percebeu que não estava mais duro.

Droga, ele não podia deixá-la encontrá-lo assim.

Ele queria que seu pênis voltasse a crescer.

Ele imaginou o corpo nu de Katy, seu belo traseiro e seus seios empinados.

Droga, ele precisava fazer xixi.

Seus mamilos eram tão gordos e grandes.

Como você os escondeu quando estava no trabalho?

Ele riu, imaginando-a caminhando pela seção de alimentos congelados de um supermercado.

Droga, seria um ótimo show!

Quando ele começou a contar novamente, ele flexionou seu pênis com cada número.

Em parte porque ele precisava urinar e em parte para ficar duro.

Ele estava perto dos cem quando ouviu a porta da frente abrir.

"Ah, você esperou por mim", disse ele. "Você ainda está duro, espero?"

"Sim, senhora", disse ele, aliviado por ouvi-la.

Katy desamarrou as cordas.

"Bem, levante-se, sacuda isso e vamos dar uma olhada."

Embora as cordas nunca tenham impedido sua circulação, ele ainda demorou um pouco para se levantar.

Seu pau duro se ergueu com orgulho.

"Mm, isso parece bom", disse ele, esfregando-o.

Ela estava comendo uma maçã.

"Quer um pouco?" ela perguntou.

Ela esfregou a maçã contra seu pênis e bolas antes de oferecer a ele para uma mordida.

Qualquer lubrificante que estava nele deve ter sido absorvido por seu pênis, mas o simbolismo não foi perdido por ele.

"Com sede?" ela perguntou, esfregando a maçã em seu pau novamente antes de dar uma segunda mordida.

"Não, senhora. Eu preciso fazer xixi."

"Desculpe?"

"Desculpe, eu posso esperar."

"Aqui, beba um pouco de água", disse ela, entregando-lhe o copo.

Ele tomou um gole.

"Ah, você pode beber mais do que isso", ele insistiu.

Ele tomou outro gole.

"Vamos, um pouco mais."

Usando o barbante preso às bolas dele como coleira, ela o conduziu até a cozinha, ligou a água e encheu seu copo.

O som de água corrente aumentou sua vontade de urinar.

Ela sorriu quando ele se contorceu.

"Algum problema?"

"Eu realmente tenho que ir", admitiu.

"Desculpe?" ela perguntou, deixando a água correr.

Ele assentiu.

Ela entregou-lhe o copo e disse-lhe para beber novamente.

Enquanto ele dava um gole na água, ela abriu o freezer, tirou alguns cubos de gelo e os jogou no copo.

Puxando sua coleira, ela o levou de volta para a sala de estar.

"Vou precisar de sua ajuda com esta posição", disse ele.

Ela o fez se deitar no chão, se encolher e colocar os joelhos na cabeça como se fosse pego no meio de uma cambalhota.

"Perfeito!" ela disse a ele, acariciando sua bunda.

Tornando as coisas mais fáceis para ele, ela encostou as costas na frente do sofá.

Embora a posição fosse desconfortável, não era desconfortável.

Movendo a cadeira perto de sua cabeça, ela chicoteou seus joelhos e o travou na posição.

Sorrindo, ela acariciou a parte inferior de suas bolas.

"Confortável?"

"Na verdade, não", disse ele, preocupado que ela o deixasse assim.

"Ah, mas isso é muito divertido", disse ela, tirando o brinquedo de sua bunda.

Voltando para a mesa, ela voltou com um dildo longo e fino e mais lubrificante.

Aplicando um pouco de lubrificante no brinquedo, ele o enfiou na bunda dela.

"Viu? Não é engraçado?"

Patrick não respondeu.

Seu pau estava duro, apontado diretamente para o rosto dela, e ele ainda precisava fazer xixi.

Ela empurrou o brinquedo para cima e para baixo, como se estivesse batendo manteiga.

"Vamos, admita que você gosta disso."

Já que ele não o fez, ela franziu a testa.

"Eu aposto que posso bater em você assim também." Ela se levantou, pegou a pá e bateu em seu traseiro. "Isso está melhor?"

"Não senhora".

"Mas não era isso que você queria? Você disse que queria ser controlado, certo?"

"Sim senhora."

"Usado. Humilhado. Abusado?"

"Sim senhora."

"Amarrado, ignorado ou qualquer outra coisa que você escolher fazer, certo?"

"Sim senhora."

"Bom. Você ainda precisa fazer xixi?"

"Sim senhora."

"Quanto você quer?" ela perguntou, levantando o copo de água gelada e colocando-o contra o fundo de sua bolsa de bolas.

"Muitos", disse ele, obrigando-se a parar o fluxo.

"Então vá em frente", disse ele, com um sorriso largo e maligno no rosto.

Patrick lutou contra o desejo dentro de seu corpo, lamentando tudo.

Se ele urinasse agora, faria xixi no rosto e no tapete.

Sua palavra segura veio à mente e mudou-se para seus lábios.

"Pare ..." ele disse, fazendo uma pausa antes de dizer algo mais.

"Sim?" ela perguntou, parecendo tão encantada agora como sempre. "Eu já quebrei você?"

Ela moveu o copo ao redor de suas bolas, provocando-o com sua umidade fria.

Ela jogou um pouco de água em seu rosto.

Da cozinha, ele ainda podia ouvir a água correndo da torneira.

"Talvez isso ajude em vez disso?" ela perguntou, agarrando seu pau e acariciando-o. "Se você gozar na sua cara, então talvez eu desamarre você antes que você faça xixi."

Patrick gostaria que fosse tão fácil, mas essa ponte já foi cruzada por seu corpo.

Sua necessidade era libertar sua bexiga, não suas bolas.

"Por favor, senhora," ele implorou.

"Sua palavra de segurança é 'guarda-chuva'", ele a lembrou. "Diga e eu vou desamarrar você. Diga e isso estará acabado."

Patrick gemeu.

Ele não diria isso.

Não podia.

Ela não iria vencer.

"Foda-se", disse ele.

"Oh, resposta errada", disse ela, derramando a água gelada sobre ele.

Cubos de gelo ricochetearam em seu rosto enquanto a água espirrou contra ele.

Ela riu.

"Sou muito paciente", disse ele.

Deixando o vidro de lado, ele começou a tirar suas roupas.

Nua, ela montou nele.

"Toda essa conversa sobre urinar me deu vontade."

Ele ergueu o copo, segurou-o entre as pernas e liberou a bexiga.

Ele observou o copo se encher de urina.

Ele ouviu o barulho que fez.

Foi demais para ele.

Ele urinou, salpicando o rosto com o jato quente e úmido.

A urina quente espirrou em sua boca e subiu pelo nariz.

Quando ele engasgou por ar, ele o levou à boca.

Incapaz de parar, diminuir ou controlar o fluxo, atingiu seus olhos e cabelos, e quando ela tentou virar a cabeça para longe dele, em seus ouvidos.

O pior foi quando ele subiu pelo nariz, forçando-o a respirar fundo e cuspir pela boca.

Sua corrente diminuiu até que a última parte fraca de sua necessidade pulverizou seu pescoço e peito.

Rindo, Katy virou seu copo e fez xixi nele também.

CAPÍTULO 7

Seus dedos hábeis desamarraram os laços em torno de seus joelhos.

Ela permitiu que ele se desenrolasse, mas o manteve deitado no tapete molhado.

Suas mãos o guiaram enquanto ele mantinha os olhos fechados por causa da urina em seu rosto.

Ela o girou, deitou-se e o sentiu se ajoelhar em sua cabeça.

Ele olhou por cima e a viu montada em sua cabeça.

"Abra a boca", disse ela, pressionando sua boceta contra o rosto dele.

"Uau, um pouco mais", disse ele, esguichando um último jato de urina na boca antes de esfregá-lo contra o rosto.

Deitado em uma poça de urina, ele comeu sua boceta, lambendo e chupando seu clitóris e lábios nus enquanto seu pênis pulsava com uma necessidade diferente.

Humilhada, envergonhada, molhada e se sentindo suja, ela ainda desejava um orgasmo que só ela poderia permitir.

Rindo e gritando, ela gozou.

"Droga, Sr. Adams, você é bom nisso!"

Ainda cega pela urina em seu rosto, ela ajudou Patrick a se levantar.

Puxando a corda ao redor de suas bolas, ela o levou para o banheiro e o ajudou a passar pela borda da banheira.

Ligando a água, ela o deixou atrás da cortina de plástico do chuveiro.

Ele tomou banho, se secou e a encontrou sentada na sala de jantar, vestida.

Ao chamá-lo para fora, ela desamarrou a corda em volta de suas bolas, apontando que mesmo molhado, seu nó era fácil de desatar.

"Você fez um bom trabalho", disse ela, segurando seus quadris. "Esta é a sua recompensa."

Acariciando suas bolas raspadas, ela chupou seu pau, dando-lhe o melhor boquete que ele conseguia se lembrar.

Ele o avisou antes de gozar, caso ele não gostasse de engolir.

Algumas mulheres ficaram relutantes sobre isso, mas ela não parou.

Mas, depois que ele gozou, ela se levantou, aproximou seu rosto do dela e o beijou profundamente.

Enquanto eles se beijavam, ela empurrou seu orgasmo de sua boca para a dele.

CAPÍTULO 8

Depois que ela saiu, ele se vestiu e contratou um limpador de carpete.

A exigência de ficar nu com a maior freqüência possível era mais fácil do que tentar estar constantemente duro.

Mas depois de sua tarde juntos, ele achou as duas coisas fáceis.

Imaginar sua Katy nua o excitava.

Seu senso de propriedade logo o colocaria em apuros.

"Quem sou?" Katy perguntou quando ele começou a trabalhar.

Foi a segunda vez que ele fez a pergunta.

"Minha Senhora," ele respondeu novamente, embora a dúvida o apoderasse.

"Aceite o trabalho", ele exigiu.

Deixando cair as calças, ele se inclinou, expondo seu traseiro nu para ela.

Ela usou uma das espátulas da loja novamente.

Depois de virar ambas as nádegas rosa, ela perguntou a ele novamente.

"Quem sou?"

"Katy Maria Gonzales?" ele tentou.

"Porra, você é uma vadia estúpida", disse ela, batendo nele novamente.

Katy tinha um sistema para bater em sua bunda.

Ela alternou suas nádegas e outros locais, produzindo uma sensação de ferroada uniforme da parte superior das coxas até a parte inferior das costas.

Sua primeira série de golpes doeu.

A segunda série o incendiou.

"Aqui está sua pista. Você estava mais perto da primeira vez. Agora me diga, quem sou eu?"

"Minha Senhora Katy?" Ele tentou novamente.

"Droga, você estava tão perto!" ela disse e bateu nele várias vezes em cada nádega. "Quem sou?"

"Senhora, por favor", ele implorou. "Não sei."

"Não, você sabe", disse ele, jogando a espátula na pia. "Você acabou de dizer isso. Eu sou a Senhora. Eu NÃO sou sua Senhora. Eu sou a Senhora para quem eu quiser. Mestre e única Senhora, você me entende?"

"Sim, senhora", disse ele.

Katy deu um tapa no rosto. "

Levante-se. Deixe-me olhar para você Você está duro? "

Patrick se endireitou, assustado.

Foi duro.

Ele estava duro quando ela começou a trabalhar, mas durante a brutalidade de sua surra, sua ereção havia desaparecido.

Seu pênis queria estar duro, mas seu corpo achava duro resolver as mensagens misturadas com um traseiro dolorido.

Seu pênis se projetava diretamente de seu corpo naquela posição de meio mastro entre uma ereção completa e ser muito macio para ser usado.

Ela olhou para seu pênis.

"E se eu quisesse foder agora? Você poderia me foder com isso?"

"Sim, senhora," ele a assegurou, a ideia resolvendo a confusão em seu cérebro.

Seu pênis enrijeceu.

"Você quer um orgasmo?"

"Sua vontade, senhora." Patrick se recusou a cair em suas armadilhas.

"Sim, minha vontade", ela concordou, pegando o celular na bolsa.

Ele tocou em algumas telas.

"Se eu quiser, você vai me dar um orgasmo agora?"

"Sim senhora."

"Então você tem sessenta segundos para fazer isso", disse ele, batendo em seu telefone e mostrando o cronômetro.

Patrick trabalhou seu pau rápido e duro, lutando para o orgasmo no tempo necessário.

Isso não aconteceu.

"Oh, sinto muito", disse Katy, sorrindo. "Mais sorte da próxima vez."

Erguendo a espátula, ele deu-lhe mais seis golpes antes de permitir que ela se vestisse.

CAPÍTULO 9

Na próxima vez, foi uma hora depois.

"Você ainda está duro para mim?" ela perguntou quando terminou de cuidar de uma velha e seu marido.

"Sim, senhora," ele informou, contornando o balcão para que ela pudesse ver a protuberância dentro de suas calças.

"Sessenta segundos", ela disse a ele, puxando o telefone do bolso e ligando o cronômetro.

Patrick correu para a sala dos fundos, abrindo as calças e tentou se masturbar para ela.

Quando ele não conseguiu produzir um orgasmo no tempo previsto, ela acenou com o dedo em um círculo, indicando que ela deveria se virar.

Mais seis golpes devolveram o calor, a queimadura e a picada de seu traseiro sitiado.

"Vá de novo", disse ela, acertando o relógio.

Ele levou mais seis acertos por falta.

Determinado a vencer o jogo, Patrick fez o possível para permanecer à beira do orgasmo.

Ele esfregou a frente da calça, ficando duro e carente.

Se houvesse clientes, esfregava-se no balcão, na esperança de manter a vantagem.

Mas ele cometeu o erro de gozar quando Katy fez um de seus intervalos atribuídos.

Depois de esperar por alguns clientes, sua mente se empolgou.

Quando Katy voltou para a loja, ela verificou a frente da loja, pegou o telefone e disse: "Sessenta segundos."

Enquanto tentava, percebeu que não valia a pena o esforço.

Ele levou uma surra e aprendeu a lição: para estar pronto, você tem que estar pronto!

***

Ele terminou o dia de trabalho sem levar outra surra ou outro desafio de sessenta segundos.

Ele se sentia nervoso, seu pau estava inchado e necessitado e doía mais do que sua bunda depois de uma de suas palmadas.

Antes de sair, Katy acariciou a protuberância na frente de suas calças.

"Pobre garoto. Você parece prestes a explodir."

Na ponta dos pés, ela deu um beijo em seus lábios e saiu.

Antes de fechar a porta, ele acrescentou:

"Lembre-se, não há orgasmos sem permissão."

CAPÍTULO 10

Katy teve folga no dia seguinte.

Trabalhando na loja com um dos outros membros de sua equipe, Patrick usava um avental para esconder sua ereção.

Ele não queria ser duro.

Ele não tentou ficar duro.

Mas sua necessidade era muito grande.

Coisas simples aceleram sua imaginação.

Ele mandou seu funcionário para casa mais cedo e fechou a loja sozinho.

Sentindo-se melhor no controle, ela trabalhou em uma papelada antes de ir para casa.

***

Ao chegar em casa, viu os suprimentos de Katy dispostos na mesa da sala de jantar e teve uma grande reação.

Seu pênis endureceu quando ele tirou a roupa e se sentiu sozinho.

Droga, aquilo tinha penetrado em sua pele tão rápido?

***

Ele passou uma noite agitada em frente à televisão, querendo que ela ligasse ou aparecesse.

Ela não fez isso.

Ele estava preocupado que ela o punisse.

Ele estava preocupado que ela tivesse perdido o interesse.

Ele pensou em ligar ou mandar mensagem para ela, mas decidiu que não deveria.

Sentado nu em seu sofá, seu pau ficou duro.

Sentindo-se muito sozinha, ela foi para a cama às onze.

CAPÍTULO 11

Na sexta-feira de manhã, Katy chegou ao trabalho dois minutos antes da inauguração.

"Olá, Sr. Adams", ela sorriu, tão cheia de alegria como sempre.

"Bom dia, senhora", disse ela, feliz que seu pau estava duro para ela.

Katy passou por ele, verificou a caixa registradora e ajudou com o resto da abertura.

"Parece um bom dia, você acha que estaremos ocupados?"

"Provavelmente", disse ele.

"Acho que estarei ocupada com as janelas", disse ela, pegando o banquinho, o spray de vidro e a pilha de toalhas de papel de que precisaria.

Limpar as janelas era uma tarefa normal nas manhãs de sexta-feira.

Patrick gostava que a loja parecesse muito limpa antes do fim de semana.

"A menos que você tenha algo mais que você queira que eu faça?"

"Como desejar, Senhora."

Ela sorriu para ele e começou a trabalhar, deixando-o se perguntando o que estava acontecendo.

Ele desistiu de seu jogo?

* * *

O ensolarado dia de primavera atraiu clientes.

Logo, eles estavam ocupados reabastecendo a barra de enchimento, monitorando as máquinas de iogurte congelado e limpando depois que os clientes saíram.

Patrick ficou pensando o tempo todo, querendo perguntar a Katy se as coisas estavam bem entre eles, mas não conseguia encontrar as palavras.

Ele perguntou antes de fazer uma pausa, levou apenas meia hora, e então sugeriu que fizesse uma também.

Patrick não precisava de uma pausa, mas não queria desapontar a Senhora.

Ele se sentou em seu carro por meia hora, seu pau ansioso pela atenção que ela se recusava a lhe dar.

CAPÍTULO 12

Na sexta e no sábado, a loja ficava aberta até as nove.

Às quatro, o segundo turno apareceu.

Quando viu Katy pronta para sair, Patrick entrou na sala dos fundos, esperando por uma pista do que estava acontecendo.

Ela parou na frente dele, olhou para o interior firme de suas calças e sorriu.

Ele esfregou o caroço e disse:

"Vou vê-la hoje a noite."

***

Por volta da meia-noite, Patrick parou de pensar em vê-la hoje.

Ele desligou a televisão e começou sua rotina noturna.

Seu pênis duro doía, latejava e exigia atenção, mas ele se recusou a pagar.

Ele estava preparando o bule de café para a manhã quando viu um flash de faróis em sua garagem.

Ele sorriu, perguntando-se onde deveria estar quando ela entrasse.

Devo ligar a televisão novamente e agir casualmente?

Deve ser perto da porta?

Saindo do café, ele decidiu se ajoelhar na frente da porta dela.

Uma bêbada Katy abriu a porta.

Ela cambaleou para dentro com três caras quase da sua idade.

"Merda", disse um homem loiro com o braço em volta de Katy quando viu Patrick ajoelhado no chão.

Ele era o único sóbrio do grupo.

"Você achou que ele estava mentindo?" Katy perguntou, acariciando o cabelo de Patrick.

"Que porra é essa!" disse um jovem musculoso com cabelo escuro.

"Ei, essa sua escrava tem algo para beber?" o terceiro homem perguntou, sendo o último a entrar. Ele parou na porta. "Amigo, você está pelado!"

"Ok, isso é oficialmente estranho", disse o loiro, parecendo inseguro.

"Foda-se, Ben. Katy disse que seria estranho", disse o garoto moreno.

"Sim, mas caramba", Ben insistiu, segurando Katy pela cintura, mas olhando para Patrick.

"Garotos nus te incomodam?" Katy perguntou a ele.

"É simplesmente estranho. Você pode fazer ela se vestir ou algo assim?"

"Eu poderia, mas eu gosto assim."

"Você transou com ele?" perguntou o garoto musculoso de cabelos escuros.

"Eu fodo com ele", Katy riu. "Olhe com isso."

Depois de fazer Patrick ficar contra a parede, ela começou a prender prendedores de roupa em suas bolas.

"Oh merda, isso deve doer!" disse o último homem na casa de Patrick, se contorcendo e instintivamente alcançando suas bolas.

"Você quer tentar?" Ela perguntou a ele.

"De maneira nenhuma!"

"Vamos Joe. Deixe-me colocar uma pinça em suas bolas", zombou o garoto moreno.

"Foda-se, Tom. Faça você mesmo."

"Então, tem que fazer o que você diz?" Ben, a loira sóbria, perguntou.

Ele ainda estava olhando com olhos arregalados.

"Qualquer coisa", disse ela, sorrindo para ele.

Havia um brilho de satisfação em seus olhos que fez Patrick se sentir bem.

"Faça ele se masturbar e comer", disse Tom, o cara musculoso.

Katy se virou para o homem de cabelos escuros e agarrou sua virilha.

"Não me diga o que fazer, Tom, ou você ficará ao lado dele."

Tom fez uma careta.

"WOW baby, relaxe. Estou apenas tentando me divertir um pouco."

"Eu também", disse Katy, segurando seu aperto por mais um momento antes de soltá-lo.

Tom deu um passo para trás, olhando-a com cautela.

Patrick sorriu.

"Mas se ela pedisse para você fazer isso, você faria, certo?" Ben perguntou a Patrick, seus olhos finalmente se afastando da virilha de Patrick.

Foi um palpite de sua parte, mas Patrick não respondeu.

Katy considerou por um momento, sorriu e deu-lhe um aceno discreto de aprovação.

"Ele é meu, Ben, não seu", disse ele à loira.

Ele removeu os grampos das bolas de Patrick, se virou e encarou o trio de homens.

"Ok, quem quer foder?"

"Tenho que amar uma mulher que sabe o que quer", disse Joe.

"Parece que temos um vencedor", disse Katy, empurrando Joe na frente dela para o quarto de Patrick e puxando Patrick atrás dela por seu pau duro.

"Você vai foder os dois?" Ben perguntou.

"Talvez", disse Katy.

Enquanto caminhavam pelo curto corredor, Patrick ouviu sua televisão ganhar vida quando Ben e Tom começaram a rir.

Katy apoiou Patrick contra a parede ao pé de sua cama.

"Você tem que olhar?" Perguntou Joe.

"Quem se importa?" Katy disse, pressionando contra o homem.

Enquanto o beijava, ela empurrou a mão em direção a um de seus seios.

Qualquer preocupação que Joe tivesse sobre Patrick desapareceu.

Joe e Katy fizeram sexo juntos.

Eles erraram, mas Patrick não sabia como descrever.

Não havia afeto, amor ou paixão pelo que faziam.

Katy rasgou as roupas de Joe, despiu-o e esfregou seu pau duro enquanto ele terminava de tirar a roupa.

"Eu quero comer isso", disse ela, segurando sua boceta nua.

"Eu quero foder com tudo", insistiu Katy, empurrando o homem de volta para a cama.

Ela subiu em cima dele, guiando seu pau duro em sua boceta e saltando.

"Você é louca como a merda", disse ele, agarrando seus seios empinados.

"Apenas cale a boca e saia", disse ele.

"Eu não posso durar", ele gemeu.

Ele olhou para Patrick, mas rapidamente desviou o olhar.

A foda deles durou alguns minutos.

"Venha dentro de mim", Katy disse a ele. "Eu quero sentir isso."

"Oh sim. Porra, sim!" Joe disse, com as mãos na bunda.

Patrick observou enquanto o prazer do homem o consumia.

Ela observou quando Joe se soltou, liberando seu orgasmo dentro dela.

"Oh, porra, sim!"

Katy saiu de cima dele.

Deitada ao lado dele, ela o beijou.

"Obrigado," ele ronronou.

"Dê-me um minuto e podemos fazer de novo."

"Talvez mais tarde", disse ele, apontando para a porta.

"De verdade?"

"Eu disse que queria foder, isso mesmo. Nós transamos. Agora, foda-se", disse ele.

Joe parecia confuso, mas saiu da cama, vestiu a cueca e a calça jeans e olhou para ela.

"Você é uma aberração", disse ele.

"Você provavelmente está certo. Feche a porta atrás de você."

Quando ele saiu, ela olhou para Patrick.

"Limpe-me."

Ajoelhado ao lado de sua cama, Patrick não hesitou em pressionar a boca contra sua boceta usada.

Ele não se importava com o orgasmo de Joe.

Em vez disso, ele ficou encantado por ter permissão para agradar a Senhora.

Ele lambeu, lambeu e chupou sua boceta raspada, deliciando-se em como ela se contorcia embaixo dele.

Ele deu a ela o orgasmo que ela não teve com Joe.

"Chega", disse ela, virando a cabeça.

Ela apontou para o pé da cama.

Patrick não precisava de mais instruções do que isso.

Ele ficou contra a parede, seu pau duro gotejando com pré-seme quando ela saiu de seu quarto nua.

"Quem é o seguinte?" ele a ouviu perguntar.

Pareceu haver uma discussão na outra sala antes de Ben seguir Katy para dentro.

Ele olhou para trás e para frente entre Katy e Patrick.

Mesmo quando Katy o despiu, Ben continuou olhando para Patrick.

"Você não está duro", disse ela, esfregando-o.

"Que vai fazer?" Ben perguntou.

Katy estava focada no pau macio de Ben.

Ele gesticulou para que Patrick se aproximasse.

Com uma mão em seu ombro, ela o empurrou.

"Ele vai chupar seu pau enquanto nos beijamos", disse ela. "Quando estiver duro, você pode me foder."

Agarrando o rosto de Ben, ela pressionou seus lábios nos dele.

Mantendo uma mão na nuca, ele empurrou a cabeça de Patrick para frente.

Patrick abriu a boca, tomando o pau mole do jovem entre os lábios.

Ben não era duro, mas também não era mole.

Seu pênis estava cheio, mas não o suficiente para ficar duro.

Quando Patrick chupou, ele sentiu o pau do homem crescer.

Ele ouviu os dois gemerem na boca um do outro enquanto o pênis de Ben encontrava sua força.

"Você quer foder ou você quer acabar na boca dela?"

"Tudo bem", disse Ben, olhando para eles com a mesma expressão de olhos arregalados que vinha usando desde a chegada deles. "Se eu terminar enquanto ele me chupa, isso me torna gay?"

"Não você, mas isso o torna um filho da puta", disse Katy, rindo.

Ela empurrou o rosto de Patrick contra a virilha de Ben e beijou o homem novamente, deixando Patrick acabar com ele.

Patrick não sabia o que esperar.

Ele nunca considerou a ideia de chupar um pau.

Ele sentiu um rubor quente rastejar em seu rosto quando Katy apontou que ele era um filho da puta agora, mas passou rapidamente.

Ele gostava de ter seu pau chupado e tentava fazer o que gostava de fazer com ele.

Ela revirou a língua sobre a cabeça do pênis do jovem.

Ele balançou a cabeça de um lado para o outro, sabendo que era bom quando isso era feito para ele.

Ela sentiu o pau do homem, isso era interessante, e ela percebeu que o homem logo atingiria o orgasmo dentro de sua boca.

Sem saber como se preparar para a experiência, ela manteve um ritmo constante e esperou por ele.

Quando isso aconteceu, a força do primeiro jato contra o céu da boca o surpreendeu, mas não o amordaçou.

O sêmen do homem tinha um gosto ligeiramente azedo, mas não era desagradável.

"Você acha que podemos foder também?" Ben perguntou.

"Um orgasmo para cada cliente", disse Katy, afastando-se de Ben. "Eu tenho que fazer xixi", disse ele, saindo da sala.

"Você já fez isso antes?" Ben perguntou, puxando as calças.

"Não", disse Patrick.

"Foi estranho?"

"Não realmente. Foi bom."

Os olhos de Ben voltaram para o pau duro de Patrick.

Ele olhou para a porta aberta, encolheu os ombros e terminou de se vestir.

"Vejo você mais tarde, amigo", disse ele.

* * *

Patrick ficou ao pé da cama enquanto Katy e Tom começaram a trabalhar.

Tom estava mais bêbado do que Joe.

Uma vez que ele estava nu, ele não se importou com a falta de preliminares de Katy.

Ele deu um tapa na bunda nua de Katy.

"Você está pronto para isso?" Eu pergunto.

"Vá em frente", disse ele, jogando-se de volta na cama.

"Tudo bem", disse ele, abrindo a frente da calça.

Sem abaixar as calças mais do que a bunda, ele caiu sobre Katy e começou a transar com ela.

"Faça isso, seu garanhão de merda. Venha para mim."

"Oh sim, baby. Eu vou fazer isso", ele prometeu.

Ele se moveu mais rápido, sacudindo a cama de Patrick, mas não durou mais do que Joe antes de arquear as costas e gozar.

"Como foi esse bebê?"

"Média", disse ela, puxando-o para longe de si.

"Ah, é? Me dê um minuto e eu mostrarei a você de novo", disse ela, sentando-se na cama e agarrando os seios.

Katy puxou a mão dela.

"Você teve sua chance. Agora vá se foder."

"Por que então fazer isso com ele?"

"Talvez", disse ela. "A menos que você queira experimentar primeiro."

"Foda-se", disse Tom, levantando-se e puxando as calças. "Você quer que eu mande Joe de volta?"

"Não, terminei. Vá para casa."

"Ah, não seja assim, baby."

"Não seja como o quê?"

"Eu não sei, uma vadia?"

Katy saltou da cama em um aceno de mãos, dando um tapa no homem muito maior.

"Do que diabos você me chamou?"

"Ei, ei, ei! Eu só estava brincando", disse ele, se afastando.

"Saia!" ela gritou, seguindo-o pelo corredor. "Todos vocês. Foda-se."

Patrick ouviu algumas objeções confusas.

Ele se moveu para o corredor, ficando atrás da Senhora, de braços cruzados.

"Você ouviu a mulher. Foda-se antes que seja minha vez de te foder."

Isso pareceu convencer os homens mais jovens de que era hora de ir.

"Maldito viado!" Tom gritou, o último a sair pela porta.

CAPÍTULO 13

"Bom trabalho", disse Katy, virando-se e sorrindo para ele.

Puxando sua mao, ela o levou para seu sofá.

Ele desligou a televisão, sentou-se e abriu as pernas.

"Você ainda quer comer essa boceta?"

Parte do sêmen de Tom vazou de sua boceta e escorria por sua coxa.

"Sim, senhora", disse Patrick, ajoelhando-se.

Segurando sua panturrilha, ele começou a lamber sua coxa, sua língua traçando o comprimento do esperma.

Tomando seu tempo, ele lambeu o resto de sua boceta raspada antes de enterrar a língua entre seus lábios inferiores.

Katy se contorceu e gemeu de prazer uma e outra vez antes de pará-lo.

"Chega", disse ela, afastando-o.

Embalando seu rosto molhado, ela o considerou por um longo momento.

Inclinando-se para frente, ela o beijou, empurrando a língua em sua boca.

"Você gosta disso, não é?"

"Eu gosto de você, Senhora," ele admitiu.

"Sente-se", disse ele, acariciando o sofá ao lado dele.

Inclinando-se para a frente, ele pegou uma pinça deixada na mesinha de centro.

Ela os colocou em seus mamilos antes de balançar a perna sobre ele, olhando para ele montado.

Ela se posicionou apenas até que sua boceta quente e úmida deslizou ao redor de seu pau duro e dolorido.

Ela se acomodou em cima dele, sem se mover.

Seu pênis latejava loucamente dentro dela, ameaçando ter um orgasmo de nada além da sensação dela ao redor dele.

Katy acariciou seu rosto.

"Você chupou o pau dele." Ele assentiu. "Você sabe que isso o torna um bicha, certo?"

"Sua vontade, senhora."

Ela o beijou.

"Eu acho que acredito em você."

"A Senhora deveria," ele disse, certo de que estava cruzando os limites ao dizer isso, mas ela o recompensou com outro beijo.

Olhando para ele novamente, ela colocou as mãos em seus ombros.

Lentamente, ela se levantou dele uma vez antes de se estabelecer novamente.

Mais uma vez, seu pau latejava profundamente de necessidade.

"Eu queria isso há muito tempo", disse ele. "Desde antes de nosso jogo começar."

Patrick olhou para ela sem saber o que dizer.

Decidindo que era melhor permanecer em silêncio, ele o fez.

Ela se levantou dele e desceu novamente, sorrindo quando seu pau latejou novamente.

"Quantas vezes você acha que eu posso fazer isso antes de você gozar?"

"Não muitos", ele admitiu.

"Se eu tivesse dito a um daqueles caras para foder sua bunda, você teria desistido?"

"Sim, senhora. Sua vontade. Sempre."

"Como se sente?"

Novamente ela se levantou e caiu.

"Renda-se tão completamente. Como se sente?"

"Celestial."

"E se eu te deixar agora?" ela perguntou, se afastando.

Ela o empurrou para trás, sentando-se mais perto de seus joelhos enquanto seu pau duro dançava no ar.

"Seria cruel se eu te deixasse tão difícil?"

"Sua vontade."

"Devo usar a pá de novo?"

"Sua vontade."

"E você não se importaria? Você não precisa de um orgasmo?"

"Não tanto quanto eu acho que preciso disso", disse ela, acenando com a cabeça em suas braçadeiras de mamilo e querendo dizer tudo.

"Explique-se."

"Eu sinto você em todos os lugares. Sempre."

"Mesmo hoje quando eu te ignorei?"

"Principalmente hoje. Eu estava confuso, temia que você não me amasse, mas isso não mudou nada para mim."

Rindo, ela moveu-se sobre ele.

"Você estava realmente trabalhando duro hoje."

Seu pênis latejava com nova força.

Ele estava feliz por ela ter notado.

"Por sua causa, senhora. Graças a você, ontem eu também estava duro."

Ela riu novamente.

"Eu sei. Eu ouvi. Você tem uma boa reputação de ter um problema."

"Sim. Você, Senhora."

"Isso é para mim", disse ela, levantando-se e caindo sobre ele. "Não pare. Dê para mim. Eu quero isso. Eu quero sentir como se você gozasse dentro de mim, por mim."

Ela o fodeu com golpes longos e lentos; como se ela estivesse saboreando a sensação dele.

"Faça isso", ela ronronou. "Venha até mim."

Como se por comando, embora provavelmente por necessidade acumulada, Patrick o fez.

Ele gozou com uma força e satisfação que curvou seus dedos dos pés.

Ele a viu observando-o, estudando-o enquanto seu orgasmo percorria seu corpo.

"Porra, isso foi quente", disse ela quando ele relaxou, esgotado pelo momento.

Alcançando entre eles, ela esfregou seu clitóris, levando-se a um orgasmo que ele sentiu como uma série de apertos rítmicos ao redor de seu pênis ainda duro.

"Você pode fazer isso de novo?"

"Acho que sim", disse ele, contorcendo-se sob ela.

O corpo de Katy era tão bom e sua necessidade era tão grande que ela sentia que poderia fazer mais cem vezes naquela noite e ainda querer fazer de novo.

Ela subia e descia, deliciando-o.

"Já está pronto?"

Sentindo-se como um garoto de dezoito anos, ele assentiu.

"Eu acho que sou."

"Não, vadia. Não pense. Diga-me. Você está pronta? Você pode me preencher uma segunda vez?"

"Sim", disse ele, sentindo um pulso reconfortante em seu pênis.

"Bom," ela disse, balançando sobre ele mais algumas vezes antes de parar.

"Droga, isso é bom", ela ronronou, os olhos fechados.

Parada, ela respirou lenta e profundamente várias vezes.

"Tudo bem", disse ela, abrindo os olhos. "Estou bem."

Patrick sorriu, sem saber o que ele queria dizer, mas achou divertido.

Parecia que ele estava tentando se recompor.

Ela balançou a cabeça, jogando o cabelo escuro sobre os ombros antes de remover os prendedores de roupa dos mamilos.

Ela esfregou o peito, como se estivesse limpando a dor.

"Tudo bem se eu te chamar de Patrick?" ela perguntou.

Foi a primeira vez que ele a ouviu usar seu primeiro nome.

"Sua vontade, senhora."

Katy balançou a cabeça.

"Não, é isso que eu quero dizer. Quero dizer, você pode ser apenas Patrick por um momento e eu sou apenas Katy?"

"Eu acho", ele respondeu confuso.

"Não, estou falando sério. Isso não é uma ordem, é apenas uma pergunta. Eu só quero ser Katy e Patrick por um minuto. Podemos fazer isso?"

"Sim, suponho," ele repetiu. "Que momento estranho."

"Eu sei", ela disse e parecia nervosa. "Mas é importante e eu quero a resposta real." Ele assentiu. "Quando você é minha escrava, há algo que você não faria por mim?"

"Mate alguém", disse ele, encolhendo os ombros. "Mas isso não é realmente um jogo de sexo, é?"

"Certo. Isso é o que quero dizer. Sexualmente. Há algo que você não faria como meu escravo sexual?"

"Eu não consigo pensar em nada", disse ele, seu pau latejando de acordo com ele.

"Por quê?"

"Porque é divertido?" Ele ofereceu.

"Ser espancado é divertido?"

"De certa forma", disse ele. "Quero dizer, dói, mas você está fazendo isso por uma razão. Dói mais quando eu te decepciono."

"Então, se eu quisesse que você fosse estuprada por uma gangue de ciclistas, você faria isso?"

"Como sua escrava, sim."

"Que tal como Patrick?"

"Desculpe, não posso gostar disso", ele riu.

"Mas você chupou o pau dele."

"Mas pela Senhora, mesmo que você seja quente o suficiente, eu provavelmente faria isso por você também."

"De verdade?"

"Provavelmente não," ele admitiu. "Talvez eu não saiba".

Ela se moveu contra ele.

"Está bem?"

"Está quente pra caralho, mas estou bem."

"Você pode me beijar? Quero dizer, como Patrick. Você pode me beijar?"

Inclinando-se para frente, ele o fez.

Ele não tinha certeza do que ela esperava, então a beijou como faria com qualquer amante.

Enquanto seu beijo permanecia, ele deslizou a língua em sua boca e aproveitou o momento.

"Como isso?"

"Sim, isso foi bom."

Ele sentiu sua vagina se contrair durante o beijo.

Sem ser perguntado, ele a beijou novamente.

Como antes, ela se contorceu e sua boceta se contraiu.

"Certa vez, tive uma namorada que me disse que todas as mulheres deveriam ter pelo menos um caso com um homem mais velho."

"É raro?"

"Não, está tudo bem. Ele estava certo. Pessoas mais velhas são melhores."

"Homens mais velhos ficam idiotas por ter um rosto bonito."

"Só para o rosto?" ela perguntou e os dois riram.

"Bem, rosto e outras coisas", disse ele, acariciando seus mamilos longos e carnudos.

Quando ela se inclinou para trás, arqueando as costas, ele lambeu, chupou e mordiscou seus mamilos.

"Não pare", disse ela, levantando-se para beijá-lo antes de se inclinar para trás para lhe oferecer o seio novamente.

Patrick não parou.

Ele chupou seus seios como faria se ela fosse sua namorada.

Ele acariciou seu pequeno traseiro apertado, sentindo a carne firme de sua bunda.

Quando ela se contorceu, ele moveu as mãos para seus quadris.

Guiando-a para cima e para baixo, eles se beijaram e transaram.

Ao contrário dos jovens com quem ele fodeu naquela noite, Patrick demorou.

Ele fez isso com paixão, levando-a como se tivesse uma das coelhinhas de fitness no clube de saúde se tivesse a chance.

Ele não ficou surpreso quando ela gozou e não parou.

Ele a levou a um segundo orgasmo, desta vez encontrando seu próprio orgasmo com o dela.

"Droga, Patrick" ela disse, abraçando-o. "Está bem."

"Você também", disse ele, segurando-a até que sua respiração voltasse ao normal.

"Tudo bem se eu tomar um banho?"

"Claro", disse ele, soltando-a.

"Você poderia lavar minhas costas se quiser."

CAPÍTULO 14

Lavada e seca, ela segurou sua mão enquanto conduzia o caminho de volta para a sala de estar.

"Ainda somos Patrick e Katy, certo?" ela perguntou.

Ele assentiu. "Bem, então está tudo bem se eu fizer isso direito?"

Ela o empurrou no sofá e subiu em suas pernas.

Ela acariciou seu pau e bolas até que ele estava duro novamente.

Sorrindo, ela montou nele novamente.

"Não estou bêbada", disse ela, beijando-o.

"Você estava antes."

"Fiquei feliz", admitiu. "Mas não bêbado."

"Interessante."

"Você acredita em mim quando digo que não estou bêbado agora?"

Patrick assentiu.

Se estava, já havia passado tempo suficiente para que ela se sentisse sóbria.

Depois que eles se beijaram novamente, ela se afastou.

"Obrigado."

"Por quê?"

"Por me deixar sentir a diferença entre o verdadeiro Patrick e o escravo Patrick." Ela o beijou. "Isso me faz querer mais."

"Querer que?" ele perguntou, imaginando se seu jogo havia acabado.

"Isso", disse ela, pegando a pinça que ainda estava no sofá.

Ela estremeceu depois de colocar o primeiro em seu mamilo direito.

"WOW", disse ela, surpresa com o quanto doeu.

Ele colocou o segundo em seu mamilo esquerdo.

Ela saiu de cima dele, pegou a pá e entregou a ele.

"Agora é a sua vez. Bata em mim."

FIM

VADIA NAZISTA
(INTERRACIAL)
DE
ERIKA SANDERS

Sede da Gestapo em Paris

Departamento FEM1

Quarta-feira, 30 de outubro de 1940 8h00

Acordei abruptamente, todo dolorido.

Os músculos do meu pescoço estavam me matando e me senti tonto.

A luz da manhã, entrando pela janela, iluminando minha mesa e meu rosto.

Fechei meus olhos e os esfreguei com força.

Devo ter adormecido durante a noite, enquanto lia um monte de relatórios que haviam chegado no dia anterior.

Um olhar no espelho revelou o rosto cansado de uma linda garota de dezenove anos com olhos castanhos escuros e cabelo que parecia que não dormia o suficiente há dias.

Infelizmente, o espelho nunca mente.

Ele vinha trabalhando quinze horas por dia nas últimas três semanas devido ao fato de que um grande grupo de espiões havia sido exposto.

Meu pai ocupava um lugar muito alto na hierarquia do partido nazista em Berlim e, como resultado, fui nomeado chefe de gabinete do departamento FEM1 da Gestapo em Paris.

Nosso departamento era formado apenas por mulheres e era responsável por questionar mulheres cativas.

Meu posto era tenente e sob minhas ordens diretas havia dois sargentos chamados Michelle e Kat, ambos na casa dos vinte anos.

Michelle era francesa com longos cabelos escuros e belos olhos penetrantes.

Seu tamanho de vidro era 90 C, assim como o de Kat, e ela era magra e atlética.

Por outro lado, Kat era holandesa com longos cabelos loiros, olhos azul esverdeados e panturrilhas perfeitas.

Ela era alguns centímetros mais alta do que Michelle e pesava alguns quilos mais pesada.

Ambos tinham bundas grandes e justas e as pernas mais longas de Paris que eu conhecia.

Eu era um pouco mais alto Kat e meu tamanho de vidro era 95 B.

Uma olhada em minha mesa revelou a presença de um novo documento.

Alguém deve ter trazido durante meu intervalo e deixado lá.

O documento dizia respeito à transferência de uma mulher cativa que havia sido pega durante um ataque da Gestapo para um café parisiense.

A prisioneira em questão parecia ser uma cidadã americana de 25 anos, residente em Nova York, e ela era ... negra?

Eu imediatamente fiz uma careta e pensei que estava ficando muito interessante.

O arquivo anexado ao documento dizia que ele deveria interrogar o sujeito e extrair qualquer informação valiosa por qualquer meio disponível.

Peguei o telefone e ordenei a Kat e Michelle que trocassem de roupa e me encontrassem no porão.

Também me troquei rapidamente e desci as escadas que levavam ao porão.

Michelle e Kat já estavam lá, vestidos com seus trajes de "interrogatório".

Cada um usava uma máscara de couro preto com aberturas para os olhos, nariz e boca.

Seus cabelos estavam presos em um rabo de cavalo atrás da cabeça.

Espartilhos de couro preto apertados em torno de seus corpos esguios, fazendo com que seus seios nus parecessem picos de montanhas carnudos.

Eles usavam luvas de couro pretas nos cotovelos e ao redor do braço direito um elástico vermelho e branco com uma suástica preta no meio.

Pequenos cordões de couro preto, quase inexistentes, cobriam suas virilhas e deixavam suas nádegas totalmente expostas.

Os dois usavam meias de náilon pretas e botas Wehrmacht.

"Traga a prisioneira e amarre suas mãos nessas correntes penduradas," eu ordenei.

"Ha, minha senhora" ambos exclamaram.

Eles a trouxeram e seguraram suas mãos levantando-as nas correntes pendentes.

Tomei meu tempo e a inspecionei completamente de cima a baixo.

Ele não parecia ter mais de um metro e meio de altura e cerca de sessenta quilos.

Seus olhos negros amendoados refletiam a luz artificial do porão como espelhos mágicos, e seu nariz era típico de uma afro-americana.

Uma boca bastante grande, com lábios carnudos e úmidos, traía seu desejo desenfreado de prazer oral.

Seu cabelo preto na altura dos ombros era longo e reto, com longos cachos nas pontas.

Ela estava usando um vestido floral longo e justo que destacava as dimensões perfeitas de seu corpo.

No final das contas, ela era uma menininha chocolate e eu tinha certeza que minhas meninas iriam gostar desse prato exótico ao seu gosto, já que nunca haviam tido a oportunidade de conhecer pessoas de cor antes.

"Gostaria que você me informasse do motivo da minha prisão. Sou cidadão americano e você não tem o direito de me manter aqui. As condições da minha detenção são absolutamente escandalosas. Não dormi, comi e bebi por muitas horas. Você deveria ter informado a embaixada dos Estados Unidos sobre a minha captura e exijo ... "ela tentou protestar.

"Você exige? VOCÊ EXIGE? Você não está em posição de exigir nada. Você percebe qual é a sua situação? Você é acusado de ser um espião e isso só acarreta a sentença de morte. Então é melhor você começar a falar, porque Não tenho muito tempo à minha disposição "gritei com ele.

"Deve haver um engano em seus relatórios. Tenho certeza de que você me confundiu com outra pessoa. É minha primeira viagem à Europa e visitei Paris por suas atrações noturnas. Fiquei preso aqui quando a guerra estourou e não consegui encontrar o caminho de volta. A polícia dele me prendeu enquanto eu conversava com um homem que iria organizar minha viagem de volta. Não sei de mais nada. "

"Qual é o seu nome?" Eu perguntei a ela.

"Meu nome é Gina, tenente", disse ele.

"De agora em diante você vai me chamar de Sra. Vicky. Entendido?" Eu disse e ao mesmo tempo dei um tapa forte.

"Ai! ... Sim ... Sim ... Senhora ... Vicky ..."

"Escute, vadia degradada. Você vai me contar tudo em detalhes. Não quero perder meu precioso tempo com você. Dê-me nomes, locais, códigos e tudo o mais necessário. Prometo não te machucar e deixá-la ir quando terminarmos ou você descobrirá o quão cruel eu posso ser." . Eu disse a ela enquanto puxava seu cabelo.

"Aaaahhh ... juro por Deus ... não sei ... nada ... por favor ..."

"Quer jogar pesado? Veremos sobre isso. KAT E MICHELLE IRÃO CUIDAR DAS SUAS ROUPAS AGORA. LEVE-AS COMPLETAMENTE ENDEREÇADAS!" Eu lati minhas ordens.

Kat e Michelle com olhos intensamente brilhantes se lançaram sobre a vítima indefesa e começaram a rasgar seu vestido.

Gina torceu seu corpo desesperadamente enquanto dedos versáteis rasgavam seu vestido, sutiã, calcinha, cinta-liga e meias de náilon impiedosamente.

Ela acabou usando apenas um par de saltos brancos e nada mais.

Parecia que a pequena demonstração de minha autoridade sobre Gina não tinha deixado ninguém indiferente.

Os mamilos inchados rosa claro de Kat rivalizavam com os castanhos inchados de Michelle em termos de beleza, tamanho e dureza.

Os olhos de Michelle estavam fixos na fenda peluda e brilhante de Gina e sua língua lambeu seus lábios carnudos, enquanto Kat acariciava os mamilos lindos de Michelle com a mão direita, enquanto a esquerda estava enterrada entre as coxas leitosas.

"Você gosta do que vê Michelle?" Eu lhe perguntei.

"Sim, senhora, ela é tão linda e indefesa", disse Michelle.

"Você está ficando excitado com uma boceta preta suja?" eu gritei

"Sim senhora ... Umm ... Nãooooo ... Eu não sou ..." Michelle tentou se desculpar.

"VOCÊ ESQUECEU QUE PERTENCE À RAÇA ARIAN? Estamos destinados a governar o mundo. Está em nossos genes impor nossa supremacia e regras aos outros. Devemos escravizar o mundo inteiro e trazer o amanhecer de uma nova era. A era do NOVO! ORDEM! Não haverá outros mestres além de nós. Negros, amarelos, vermelhos são obrigados a servir e trabalhar para a glória do terceiro Reich. "

"Olhe e me diga o que há de comum entre você e aquela vadia. Você e Kat pertencem aos melhores exemplos que nossa raça tem a mostrar. Kat é alta, branca e inteligente; Ela parece uma Valquíria do norte, cheia de poder e glória, pronta para matar seus inimigos, e ela é!

"Você se parece com seus grandes ancestrais gaélicos que nunca pararam de lutar bravamente contra todos os seus numerosos inimigos, de todos os modos. Esses grandes homens e mulheres deixaram sua marca indelével em você. Você não pode ver isso? Você não pode sentir isso? Você não leu como eles lutaram, defendendo sua cultura, suas famílias e seu país? "

"Você tem certeza que quer se comparar a essas pessoas que passam o tempo todo correndo nuas e se acasalando rolando na lama? O que eles sabem sobre cultura e civilização? Absolutamente nada. Até mesmo o meu Doberman supera todos eles com extrema facilidade. "

"Sua nação criou tantos grandes homens e mulheres que contribuíram tanto para o mundo que não faria sentido referir-se a suas realizações. Você está desonrando seu legado. Você está me enojando! "

"Sinto muito, Srta. Vicky, eu não quis dizer o que disse antes. Humildemente peço que me perdoe. Por favor, senhora, eu imploro. Não me mande para o pelotão de fuzilamento. Eu ... farei qualquer coisa para agradá-la como Eu sempre faço ... Por favor ... "implorou Michelle.

"Você tem muita sorte, Michelle, porque tenho em meu coração muito amor por você. Não vou denunciá-la aos meus superiores, mas vou conceder-lhe o desejo que você estava procurando. Dou-lhe a oportunidade de servir a esse miserável ânus e buceta usados. SOBRE SEUS JOELHOS E LAMBA-O O ASS, VADIA !!! "Eu gritei com ela e desabotoei minha jaqueta de couro preta na altura dos joelhos de oficial.

Michelle se ajoelhou e subiu nas costas de Gina.

Eu me livrei da minha jaqueta e fiquei lá com as pernas abertas e as mãos na cintura.

Ela estava usando um espartilho de couro preto que não cobria o peito, com suspensórios e um par de luvas combinando.

Quatro fileiras de correntes de metal, com suas bordas presas a cada alça, cobriam meus seios nus e uma alça de couro sem virilha abraçava meus quadris firmes.

Ela também usava botas de couro até a coxa com salto agulha.

Michelle começou a acariciar e beijar a bunda preta perfeita de Gina com impaciência.

Suas mãos abriram e fecharam suas nádegas com luxúria desenfreada.

Ele estava massageando, massageando, beijando e lambendo aquelas esferas negras, nessa ordem, sem prestar atenção em mais nada.

Sua língua estava ficando selvagem na fenda da bunda de Gina, provocando o buraco negro com a ponta implacavelmente.

Ele até enfiou o nariz e inalou o cheiro almiscarado de seu ânus.

"Kat, quero que você dê uma surra na bunda de Michelle sem remorso. Ensine-lhe uma lição. Discipline-a como eu faria", disse a ela em desgosto total.

"Mmmmm ... Certamente, Senhora ... O prazer é meu" Kat respondeu alegremente.

"Faça aquele traseiro ficar vermelho! Punir e arar seu corajoso traseiro com o instrumento de destruição! Eu quero ver sua pele branca aveludada derramando lágrimas de sangue!" Eu a incitei.

"Ha. Senhora."

Obedientemente, Michelle ergueu a bunda e esperou pelo inevitável, embora continuasse enfiando a ágil língua vermelha no canal anal de Gina.

Ela deve ter feito um ótimo trabalho porque Gina estava ofegante e balançando a pélvis incontrolavelmente.

Kat ficou atrás de Michelle e desferiu o primeiro golpe no voluptuoso traseiro de Michelle.

Seus lados se torceram e ela soltou um pequeno gemido dentro da bunda de Gina.

Kat bateu novamente e Michelle mordeu com força a carne da bunda de Gina, que por sua vez gemeu e arqueou as costas.

Fui até Gina e comecei a rolar seus mamilos castanhos inchados entre o polegar e o indicador.

Ela gritou de agonia e eu bati nela várias vezes.

Então eu segurei seus seios e os amassei com força.

Demorei algum tempo abusando de seus seios enquanto olhava em seus olhos.

Enquanto isso, Kat estava batendo na bunda de Michelle com grande experiência e muitos inchaços vermelhos apareceram em sua pele machucada.

Michelle nunca parou de foder a bunda de Gina, embora sua bunda sofresse muito com a chuva de golpes de Kat.

"Você tem algo para me dizer?" Perguntei a Gina ironicamente.

"Mmmmmm ... ai! ... Oohhh ... eu te disse ... eu não sei de nada ... por favor ..." ele gemeu.

"Então, você está insistindo em sua história. Ok, vou continuar então."

"Kat! Pare de esfregar sua boceta e concentre-se em seu dever. Coloque o grande falo e foda a bunda de Michelle. AGORA!"

Enquanto Kat prendia seu arnês de falo de 20 centímetros de comprimento e 7 centímetros de largura à cintura, eu agarrei um chicote de couro de cinco caudas da mesa próxima.

Então comecei a bater nos peitos pequenos de Gina, certificando-me de bater em seus mamilos duros com cada golpe também.

Ele também a estava insultando com nomes como puta barata, buceta usada, negra, puta suja, ânus sujo e outros.

Kat ficou atrás de Michelle e montou nela.

Ele dobrou os joelhos, colocou de lado a corda de couro de Michelle e guiou a cabeça do falo até a entrada do ânus.

A essa altura, Michelle estava de joelhos beijando e lambendo os tornozelos de Gina.

Kat empurrou com força e plantou seu "pênis feminino" dentro da apertada abertura anal receptiva de Michelle.

Michelle balançou a cabeça, jogando o cabelo para o alto, e gemeu de dor quando Kat agarrou seus lados com as mãos, usando-as como âncoras para se firmar.

Kat então começou a foder a bunda de Michelle violentamente, tomando um ritmo rápido e constante.

Enquanto batia nos seios empinados de Gina, percebi que seu monte peludo e sua fenda estavam encharcados.

Seu clitóris vermelho estava saindo de seu capuz preto, superestimulado pela ação em andamento.

A prostituta de chocolate deve ter gostado do que estava acontecendo.

Eu imediatamente voltei minha atenção e comecei a chicotear sua barriga e coxas.

As tiras de couro do meu chicote abraçaram selvagemente cada curva de seu corpo como línguas serpentinas, deixando suas marcas inegáveis por toda parte.

Até mesmo seu clitóris inchado queria compartilhar sua paixão, pois estava se esforçando para receber a punição que ela tão desesperadamente precisava.

Alguns toques certeiros em seu botão sensível satisfizeram totalmente aquela busca perversa por alívio, embora uma dor excruciante fosse o preço que ele tinha que pagar.

"Água ... por favor ... me dê um pouco de água ... Estou com tanta sede ... Senhora," Gina implorou.

"Só se você me der o que eu peço, vou atender seus pedidos. Você está pronto para conversar?" Disse.

"Por favor ... eu não sou um espião ... apenas ... um turista ... eu ... preciso de ... água."

Fiquei pálido e fiquei imóvel e sem palavras.

Eu me imaginei parado na frente do pelotão de fuzilamento ... então um golpe forte ... me abraçando e mordendo a terra escura ... meu pai me deu o golpe final (golpe final) com sua pistola ...

Isso não tinha valor.

A escória provou ser uma noz muito difícil de quebrar.

Minha vida não valeria um centavo se eu falhasse em meu dever.

Olhei para o chão e vi Kat e Michelle fazendo amor apaixonadamente.

Michelle estava deitada no chão com as pernas bem abertas e Kat estava em cima dela batendo em sua boceta fervendo como uma alma condenada.

Eles pressionavam seus mamilos excitados um contra o outro e suas línguas vermelhas estavam emaranhadas em uma valsa frenética.

Kat e Michelle não se importam com meu futuro.

O sangue dentro de minhas veias começou a ferver e minha visão foi ficando cada vez mais escura.

Ele não conseguia decidir o que queria fazer primeiro.

Devo estrangular Gina lentamente, com minhas próprias mãos, muito lentamente?

Ou começar a chutar as bundas de Kat e Michelle sem parar?

"Kat e Michelle parem o que estão fazendo e venham aqui! AGORA! Afrouxe as correntes de Gina e se preparem!" Eu os encomendei.

Eles obedeceram e Gina caiu de joelhos com as mãos ainda levantadas.

"Michelle, nossa prisioneira está com sede. Dê a ela seu néctar."

"Ele certamente ama."

Michelle aproximou a pélvis da boca de Gina e puxou a calcinha de couro para o lado. Ela separou suas pétalas de rosa e soltou sua urina salgada e fumegante.

Gina abriu a boca larga e mostrou a língua quando Michelle estava guiando o jato de urina pela garganta sedenta.

Ele estava engolindo o rio amarelo de Michelle ansiosamente enquanto sua língua pegava cada gota que perdia seu alvo no ar.

Kat se aproximou e começou a fazer xixi em Gina também.

Eles estavam banhando seu nariz, olhos, boca e seios com seus fluidos dourados.

Gina enlouqueceu tentando engolir as torrentes de urina de Kat e Michelle simultaneamente, porque não queria perder uma única gota.

Depois de terminar de urinar, Michelle enfiou a buceta molhada nos lábios de Gina.

Gina imediatamente começou a lamber e mordiscar suas pétalas de veludo, sugando profundamente e engolindo fluidos de amor e urina.

Mandei Michelle colocar um vibrador preto de 45 centímetros e Kat ocupou seu lugar na hora.

Gina abriu a boca o máximo que pôde para acomodar o grande falo de Kat.

Kat guiou seu "pênis feminino" em sua garganta e começou a balançar os quadris de um lado para o outro.

Gina sentiu náuseas algumas vezes, mas continuou engolindo.

Ele rapidamente se acostumou com suas dimensões incríveis e, por sua vez, começou a balançar a cabeça, encontrando as estocadas de Kat no meio.

Ordenei a Kat que se deitasse no chão e colocasse sua pélvis entre as coxas de Gina.

Ela o fez e colocou seu "falo" na vertical.

Gina literalmente saltou sobre ele e sua boceta preta aquecida imediatamente o engolfou.

Ela estava balançando seu corpo muito rápido com a ferramenta dura de Kat e seus seios balançavam para cima e para baixo com os movimentos dele.

Michelle agarrou o cabelo de Gina e a fez se inclinar.

Gina deitou completamente em cima de Kat e seus seios fizeram contato.

Michelle se ajoelhou atrás e abriu as nádegas de Gina.

Ela gostou da visão da bunda de Gina por um momento e então colocou a cabeça de seu vibrador preto lá.

Michelle empurrou com força e passou a cabeça pelo esfíncter relutante de Gina com dificuldade.

Gina, por sua vez, gritou ao sentir sua bunda ser violentamente penetrada.

Parecia que o grito de Gina era o sinal para Kat e Michelle enlouquecerem.

Michelle começou a bater na bunda de Gina como uma cadela no cio e Kat estava empurrando sua pélvis, perfurando a boceta esticada de Gina, enquanto as mãos dele beliscavam seus mamilos.

Com duas ferramentas trabalhando em seus buracos como pistões bem lubrificados, Gina não teve escolha a não ser sucumbir.

"Ah, meu Deus! Sou uma prostituta! POR FAVOR ... FODA-ME ... AMBOS ... VOCÊ AO MESMO TEMPO! QUERO SER ... UMA VADIA NAZI ... EU ... QUERO ... VOU CONTO A VOCÊ ... TUDO ... APENAS ... CONTINUE A FODER-ME. .. POR FAVOR !!! OHHH ... ESTOU VINDO !!!!!!!!!!! "

"Eu sei que você vai" eu disse com um grande sorriso no rosto.

.

FIM

GARGANTA PROFUNDA (BDSM)
DE
ERIKA SANDERS

PREFÁCIO

ALGUNS ANOS ANTES

Tudo começou quando o diretor de uma grande empresa de notícias fez uma oferta muito simples durante um evento cerimonial:

"Venha ao meu escritório", disse ele. "Eu adoraria discutir algumas oportunidades de negócios com você."

Bárbara sentiu que estava flutuando acima das nuvens.

Depois de passar a noite esfregando ombros com celebridades e políticos no luxuoso evento de gala, esta era certamente sua chance de conseguir um emprego de tempo integral no mundo das notícias a cabo.

"Isso seria incrível", respondeu ela, espantada.

"Vamos, então. Você provavelmente ouviu que estamos pensando em projetar um novo show ao vivo e estamos procurando por novos rostos."

No ano passado, ele forneceu análises jurídicas para esta empresa em alguns dos programas mais bem avaliados.

No Twitter, ele parecia adorar sua análise.

E nessa empresa as mulheres tinham que ser bonitas e falar bem para ter sucesso.

O cabelo loiro de Bárbara, seu humor afiado e nariz empinado davam-lhe todas as características de uma estrela de televisão.

"Eu gostaria disso", disse ele com seu sorriso de calibre de horário nobre, mantendo seu comportamento profissional, mas amigável.

A ofensiva de charme executivo estava no auge e eles deixaram a festa para discutir o assunto em particular.

O escritório não ficava longe.

Eles atravessaram a rua, ela em seu vestido glamoroso e ele em seu smoking elegante.

A conversa foi casual e sedutora, como se estivessem em um primeiro encontro, e não em uma entrevista de emprego.

Assim que chegaram ao andar executivo, Barbara sentiu que havia entrado em um mundo onde negociações de milhões de dólares aconteciam regularmente, um lugar onde carreiras eram construídas ou destruídas.

Com sua cara de pôquer perfeita, ela estava determinada a mascarar seus nervos.

O escritório principal era incomum.

Foi projetado e mobiliado para se parecer com uma casa aconchegante.

Havia sofás de couro e armários de madeira.

Havia livros nas prateleiras e fotos na parede.

As paredes eram escuras e era fácil se sentir relaxado.

Depois de servir alguns copos de uísque, o chefe ficou ombro a ombro com Bárbara em frente a uma grande janela com vista para a cidade.

Lá, eles discutiram suas ambições, esperanças e sonhos.

Quando ele respondeu a essas perguntas com honestidade, ela se sentiu encorajada por ele parecer reconhecer que ela era mais do que apenas um rosto bonito.

"Vamos começar a trabalhar", disse ele, inclinando-se perto do ouvido dela. "Você é uma mulher muito inteligente e tenho certeza que já descobriu como funciona esse negócio."

Ela ergueu uma sobrancelha.

"Oh? E como isso funciona?"

"Bem, você sabe, mulheres bonitas como você não chegam ao lugar de apresentador na minha empresa a menos que cooperem."

"Sempre fui um jogador de equipe", respondeu Bárbara.

Ele mostrou um sorriso encantador.

"Você sabe o que quero dizer, certo?"

"Oh sim?" ela riu. "Para você e quem mais?"

Bárbara sabia exatamente a que o chefe se referia, pois ouvira os boatos.

Ela havia presumido que a maior parte era puro boato, ou assim lhe parecia, então ela pensou que o chefe estava usando esses boatos para provocá-la.

Ela tentou rir, esperando que fosse um mal-entendido.

No entanto, ele permaneceu sério sobre o assunto.

"Todo mundo na política e na mídia tem um amigo. É assim que funciona. E se isso acontecesse, acho que você se encaixaria perfeitamente. Você tem todas as qualidades que procuro em uma mulher."

Ela engoliu em seco.

"E o que eu teria que fazer?"

"Se você quiser brincar com os meninos grandes, você tem que jogar pelas nossas regras. Você pode ter que fazer um boquete de vez em quando."

Já que ela era uma mulher que amava chupar pau, era uma proposta interessante.

Mas ele nunca havia misturado negócios com prazer.

Com sua apresentação final no horizonte, ele nunca se sentiu tão em conflito.

"Você deve estar brincando", disse ele com cautela.

"Isso faz você se sentir desconfortável?"

"Você é um homem verdadeiramente encantador, mas sempre confiei no poder do mérito para o trabalho realizado. Trabalhei muito durante toda a minha vida."

"Você não pode ser tão ingênuo", ela questionou. "Tenho certeza de que a maioria de seus chefes está tentando transar com você. E provavelmente alguns de seus chefes também."

"Eu sei. Você está certo. É isso que você está tentando fazer agora? Tentar me foder?"

Ele assentiu brevemente.

"Para ser honesto, gosto de ser dominante. Mas também sou extremamente generoso com meus funcionários. Posso torná-lo a estrela que você sempre quis ser, porque você tem esse potencial. Você já participou de atividades de BDSM?"

"Nunca", respondeu ela, sentindo-se sem fôlego.

"Com medo?"

"Nunca me perguntaram isso antes. No entanto, estaria aberto a isso, mas com a pessoa certa."

"Pelo que eu sei, você sempre foi uma mulher heterossexual", disse ela. "Tudo bem. Mas não há nada de errado com a omelete. E eu adoro apresentar e treinar mulheres no meu estilo divertido."

Os batimentos cardíacos de Barbara aumentaram com a ideia de ser "treinada".

Era uma oferta tentadora, especialmente porque ele parecia ter experiência.

Ela respirou fundo.

"Você está me fazendo corar agora."

Eles ficaram de frente um para o outro.

O chefe olhou profundamente em seus olhos, como se planejasse seu próximo movimento.

O chefe se afastou dela e abriu uma gaveta da mesa.

Dentro havia todos os tipos de brinquedos; remos, palmadas, vibradores.

O clima na sala mudou quando ele pegou uma guia presa a uma coleira de couro.

"Você é um bom chupador de pau?" ele perguntou impassível, enquanto segurava os brinquedos.

Ela engoliu em seco.

"Sim, estou. Eu amo fazer isso."

"Você tem um reflexo de vômito ao fazer isso?"

"Normal," ele admitiu.

"Bem, terei que colocar suas habilidades orais à prova. Afinal, essa é uma característica muito importante para qualquer locutor, você não acha?"

Nos quinze minutos seguintes, Barbara ficou de joelhos enquanto o chupava depois que ele prendeu a coleira em seu pescoço.

Ele nunca se sentiu tão impotente como agora, quando sentiu a correia que seu chefe estava segurando com força.

Quando seu pênis grosso entrou em sua boca, tudo o que ela pôde fazer foi acomodar a circunferência quando ele começou a chupá-lo.

Como uma demonstração de domínio, de vez em quando ele puxava a guia com firmeza.

Se o objetivo era testar seu reflexo de vômito, ela estava determinada a passar no teste.

Quando o ato sexual terminou, a antiga aparência glamorosa de Bárbara havia desaparecido completamente.

Seu rímel estava escorrendo pelo rosto com as lágrimas que vinham da náusea.

Seu batom estava borrado e havia gotas de leite branco em seu queixo, que escorrera de sua boca.

Bárbara abaixou a cabeça para que ele removesse a alça.

Isso tinha sido emocionante e humilhante ao mesmo tempo.

Sentindo-se confusa, ela não sabia como reagir depois de um momento como este.

Este era certamente um novo território.

O dedo do chefe ergueu seu queixo e eles se olharam nos olhos.

Ela permaneceu de joelhos, o pau molhado do chefe ainda balançando na frente de seu rosto.

"Não conte a ninguém sobre isso", disse ele com um sorriso malicioso. "Mas tudo foi gravado em vídeo. Gosto de ter todo o poder. Chamei sua atenção certo? Agora, vamos falar de negócios?"

Barbara engasgou, antes de colocar um sorriso falso no rosto.

CAPÍTULO 1

Após três semanas de investigação e vigilância diligentes, Julieta estava em movimento.

Seu cabelo castanho curto e bagunçado se foi.

Agora ela era loira.

Seu guarda-roupa antes simples foi substituído por um vestido sexy, acentuando as formas de seu corpo.

Poucas pessoas conhecidas de sua vida pessoal a teriam reconhecido.

Ela poderia ser o que um cliente precisasse que ela fosse.

Parecida com a dela, ninguém ousou questionar seus verdadeiros motivos enquanto ela se registrava no balcão de segurança do saguão com um nome falso.

E qualquer preocupação residual que ela tinha sobre estar meio balançando em seus novos saltos se foi.

Ela já havia dominado esses saltos altos e realmente notou alguns olhos errantes em suas pernas.

Houve um clique poderoso de seus saltos no chão de ladrilhos enquanto ela caminhava para o elevador.

Oh sim, ela havia chegado.

***

Depois de chegar ao andar apropriado, ele desceu o corredor para um lugar que nunca pensou que visitaria.

Passando por estagiários ocupados, funcionários se atropelando e mulheres inteligentes e sensuais se preparando para suas aparições na televisão, Julieta conseguiu se misturar.

Ao virar da esquina estava o vestiário.

Lá dentro, ela viu sua irmã mais velha separada do resto, sentada em frente a um espelho enquanto uma equipe de estilistas terminava de fazer sua mágica.

Como sempre, ao vê-la depois de algum tempo, Julieta se maravilhava com a beleza da irmã mais velha.

Passaram-se anos desde a última vez que falaram pessoalmente.

Eles sempre estiveram separados, pois o drama familiar manteve uma lacuna entre eles.

Mas, no final das contas, família é família, e ela se sentiu compelida a fazer qualquer coisa por sua irmã mais velha.

Ela bateu no batente da porta para chamar sua atenção e os estilistas olharam para ela com leve curiosidade.

Depois de um momento, sua irmã mais velha se ajustou ao novo visual de Julieta.

Bárbara gesticulou para as assistentes de maquiagem e guarda-roupa.

"Terminamos. Dê-nos um pouco de privacidade."

Os funcionários fugiram do exigente chefe, deixando as irmãs sozinhas.

"Surpreso em me ver?" Perguntou Julieta entrando no vestiário e fechando a porta.

"Na verdade, estou. Fico espantado que você não se pareça mais com uma moleca. Você se parece muito comigo agora, com aquele vestido e maquiagem. E esses saltos. Meu Deus, nunca vi você assim."

"É quase poético coincidirmos em um vestiário, não acha?"

"Sinto muito por tudo", respondeu Barbara. "Eu gostaria que as coisas pudessem ter sido diferentes entre nós. Talvez depois de tudo isso, possamos ..."

Julieta interveio.

"Podemos resolver nossas diferenças da próxima vez. Estou aqui para fazer um trabalho e preciso manter minha cabeça no lugar. Nunca fiz nada assim antes. Nunca. E é só porque somos uma família."

"Obrigado. Você será generosamente recompensado por seu trabalho."

"Com base no que li sobre você nos tablóides, espero uma taxa alta. Parece que você recebeu várias ofertas impressionantes de outras redes a cabo."

"Se você pode me ajudar, tudo o que você precisa fazer é dizer o seu preço."

Julieta acenou com a cabeça.

"Um amigo conseguiu obter os códigos de segurança e o layout do piso. Definitivamente, é possível."

"Que amigos você tem."

"É preciso uma equipe para fazer esse tipo de trabalho", respondeu Julieta. "Há mais alguma coisa que eu preciso saber? Ele já ameaçou você abertamente? Se eu fizer isso, ele vai suspeitar que você estava envolvido?"

Barbara balançou a cabeça.

"De jeito nenhum. Ele nunca, você sabe, me ameaçou ou algo assim. São apenas dicas e insinuações agora. Ele sabe que estou enviando currículos e quero sair daqui. É quando ele faz comentários sarcásticos sobre nossa pequena coleção de vídeos. .. bem ... essa é a ideia. "

"Isso é chantagem".

"Chame como quiser".

"Isso também está acontecendo com outras mulheres nesta empresa?" Perguntou Julieta.

Barbara quase riu.

"Ele uma vez me disse que mulheres bonitas como eu não vão para o ar sem abrir mão de algo em troca. E eu sei com certeza que muitas mulheres são seus 'malditos brinquedos', como ele chama. Assim que a chantagem sair, ninguém dá mais um passo. Ficam assustados ao descobrir que seus momentos mais íntimos foram registrados sem seu conhecimento. "

Com o olhar aguçado, Julieta notou uma série de linhas tênues na lateral do pescoço e dos ombros da irmã.

Ele penteou o lindo cabelo loiro de Bárbara para trás e expôs as marcas.

"Isso foi consensual, espero", disse Julieta, antes de tocar gentilmente nas falas.

Bárbara ergueu os cílios.

"É sempre consensual."

Depois de estudar o comportamento humano ao longo de sua vida adulta, Julieta leu a linguagem corporal e o tom de sua irmã.

Ela hesitou em perguntar, mas realmente queria saber.

"Você gosta de fazer sexo com ele?"

"Sim", disse Bárbara sem hesitar. "Você sempre foi uma irmã mais nova curiosa. Tenho certeza de que entenderá logo. Gostaria que não, mas sei que irá."

"Vou ter que assistir alguns dos vídeos. Não vou apagar todo o seu disco rígido. Só as coisas que você quer que eu descarte."

É justo. Vou tentar não ficar envergonhado com tudo isso.

"Guardo segredos para viver", respondeu Julieta.

"Obrigado. Então, como você vai fazer isso?"

Julieta enfiou a mão na bolsa e tirou um smartphone de aparência comum.

Ele o ergueu para que Barbara examinasse.

Depois de ligar a tela, um código criptografado apareceu, deixando claro que estava longe de ser um telefone normal.

"É o tipo de coisa que os espiões usam", disse Julieta, em um sussurro conspiratório. "Vou conectá-lo ao seu disco rígido e apagar qualquer coisa incriminadora. De qualquer forma, se for usado para algo mais forte do que gravar mulheres fazendo sexo, seu computador irá travar. Como eu disse, só estou fazendo isso porque é você."

Bárbara mostrou seu sorriso premiado.

"Eu não sabia que tinha uma técnica nerd sexy com minha irmã. Muito obrigado. Você é um salva-vidas."

"Não me agradeça ainda, Barb. É um trabalho arriscado. E tenha em mente que essa tecnologia me custou uma fortuna, então espero que você me pague bem."

"Julho, assim que eu assumir esse contrato com outra empresa de TV a cabo, você poderá tirar férias por um ano inteiro. Confie em mim."

Percebendo que tinha que fazer seu trabalho, Julieta olhou para as horas.

Sim, era hora de agir.

"Tenho que ir", disse Julieta. "A janela de oportunidade está prestes a se abrir."

Apesar do longo período de afastamento, os laços de fraternidade permaneceram.

E dando adeus nervosos um ao outro, eles estavam determinados a ser vitoriosos.

CAPÍTULO 2

O escritório de Stevens ficava no andar executivo.

Como esperado, havia várias outras mulheres conversando no saguão, todas vestidas profissionalmente.

Embora parecessem mulheres corporativas, na verdade haviam sido contratadas para outros fins.

Sentada no corredor, Julieta se misturou com todas as outras mulheres.

Ela se sentia nervosa e animada com o ambiente.

Quando chegou a hora, dois homens grandes em ternos pretos apareceram e explicaram a todos que o processo seria feito de maneira ordenada.

As mulheres fizeram fila e um dos seguranças ergueu uma prancheta para verificar seus nomes.

Julieta estava no final da linha e sabia que seria um grande desafio.

Mas ela estava pronta.

Ela era uma mulher engenhosa, sempre teve alternativas.

Quando chegou a vez dela, ela recatadamente parou na frente dos dois homens corpulentos, que pareciam indiferentes a qualquer uma das belas mulheres.

"Nome?" o homem inexpressivo perguntou, seus olhos na lista.

"Karen".

O homem olhou para a lista e depois para ela.

"Seu nome não está aqui. Você tem outro apelido?"

"Hmm ... eu sabia que isso ia acontecer. A Sra. Andrea me adicionou no último minuto. Você não pode abrir uma exceção? Você pode ligar para ela se quiser."

"Eu não posso fazer isso", disse o homem em um tom sério. "Você está na lista ou não."

Julieta fingiu decepção e falou em uma voz feminina:

"Que tal este ID? Parece funcionar em qualquer lugar."

Discretamente, ele levantou a frente de sua saia e usou o polegar para enganchar sua calcinha.

Puxando para baixo, ela revelou uma boceta recém-raspada.

Esse era seu plano reserva, que ele esperava evitar usar, apenas por raros momentos, mas ele sabia que estava funcionando quando o homem de rosto impassível de repente quebrou a paciência e ficou boquiaberto.

"Isso parece uma excelente identificação", disse ele com um aceno de cabeça. "Vá em frente, Srta. Karen."

"Quão cavalheiresco da parte dele," ela flertou ao entrar.

* * *

O episódio da exposição de sua boceta deixou Julieta desconfortável, mas ela estava disposta a quebrar as regras em busca de justiça.

Isso é o que a tornou uma investigadora particular bem-sucedida.

O grupo de mulheres foi encaminhado para diferentes salas onde vários homens esperavam.

Hoje foi uma espécie de "audição", vantagens que a alta administração sentiu no direito de usufruir.

Observando a situação furtivamente, ele esperou até que a última mulher entrasse em uma sala antes de escapar, sem ser detectada.

Em seus saltos altos, era um movimento impressionante.

Devido aos trabalhos de sua investigação, ela sabia que a secretária de Stevens não estaria presente neste momento para que ela não testemunhasse a devassidão.

Então Julieta foi ao escritório principal e digitou a senha secreta.

Com esta senha a porta foi aberta, então ele entrou discretamente sem fazer barulho.

Este era o domínio de Stevens, o lugar onde o chefe da empresa fazia seus negócios e fazia sexo.

Mais importante, era aqui que o disco rígido estava localizado.

Parando por um momento, ela saboreou a sensação de estar sozinha no escritório do chefe.

Ele prosperou em trabalhos de alta pressão como este e achou o risco estimulante.

Ele ficou surpreso ao ver que o escritório parecia um apartamento de luxo.

Foi muito acolhedor.

O tempo era essencial e ela foi direto para o computador.

Depois de ligar a tela, viu que estava protegida por senha, como já havia antecipado.

Ela enfiou a mão na bolsa e conectou o smartphone modificado na entrada USB do computador.

Sucesso.

Proteção deitada.

Enquanto folheava os arquivos, Julieta percebeu que agora tinha acesso a todas as informações privadas de Stevens.

Ela soube imediatamente que este computador estava conectado a uma rede inteira de câmeras escondidas localizadas neste andar.

Ele clicou em um deles e ficou surpreso com o que estava acontecendo em outra sala no final do corredor.

Duas mulheres flertavam com um homem e pareciam se revezar engolindo um vibrador.

Em outra sala, três mulheres estavam com as calcinhas abaixadas e parecia que estavam compartilhando um vibrador.

Desligando as câmeras, ele voltou a pesquisar os arquivos do computador.

E ele rapidamente encontrou o que estava procurando.

Filho da puta, ela sussurrou para si mesma.

Havia pastas de várias das melhores apresentadoras da rede, junto com algumas outras pessoas que ela reconhecia.

O que todos eles tinham em comum era a aparência de uma garota poderosa: sorrisos brilhantes, pernas marcantes, cabelos glamorosos e grande apelo sexual.

Julieta debateu consigo mesma o que fazer a seguir.

Seu lado mais excêntrico venceu no final, e ela clicou para abrir uma pasta chamada 'Barbara'.

A pasta de sua irmã.

CAPÍTULO 3

Ela assistiu à gravação mais recente, que mostrava sua irmã mais velha totalmente arrumada e pronta para ir ao programa da tarde.

A parte superior do vestido de Bárbara era alta e justa na cintura.

Enquanto ela estava deitada de bruços na mesa do chefe, ele estava transando com ela por trás.

Em sua mão, ela segurava um pequeno chicote e açoitou com firmeza as costas de Barbara.

Se tocasse o áudio, Julieta tinha certeza de que ouviria gritos de dor e prazer.

Parecia que o chefe estava fodendo Bárbara na bunda.

"Vadia suja," Julieta murmurou para si mesma com um sorriso. - É assim que você tem essas marcas nas costas.

Incapaz de resistir, Julieta clicou em outro vídeo.

Desta vez, ele viu sua famosa irmã mais velha ajoelhada, presa em um colar por uma guia.

Um homem corpulento, que ela reconheceu como o segurança de antes, puxava uma coleira enquanto Bárbara engolia profundamente e, entre ofegos, chupava outro homem, que parecia ser um executivo sênior.

A parte surpreendente, ou não tão surpreendente, foi que, no final, depois que os dois homens encheram sua boca de esperma, Bárbara sorriu e pareceu se deliciar com a atenção deles.

Com um sorriso cheio de esperma, parecia que mais tarde ela conversou bem com os homens.

As suspeitas de Julieta foram confirmadas.

Ela sabia que havia uma razão pela qual sua irmã não queria que ela visse esses vídeos.

Não era apenas porque existiam fitas de sexo.

No fundo, ela podia ver que Barbara havia se tornado um produto BDSM genuíno, apesar da chantagem.

Na verdade, Julieta também.

É por isso que ela não podia estar chateada com a irmã.

Ela teve muita experiência com sexo violento durante sua juventude, quando foi promovida a detetive na força policial.

O trabalho tinha seus momentos ruins e o sexo era algo que tirava a ansiedade e a amenizava.

Para ela, sexo violento era melhor para aliviar o estresse do que drogas ou álcool.

Ela fechou o vídeo de sua irmã chupando pau e considerou assistir outro.

Mas quanto mais tempo ela ficasse, mais chance ela tinha de ser pega.

Eu pretendia fazer um grande favor às mulheres desta empresa, excluindo os arquivos e bloqueando todo o mainframe.

O chefe não merecia nada.

Ele parou quando uma pasta chamada 'Power' chamou sua atenção.

O que diabos poderia ser?

Para um homem como Stevens, deve ter sido algo extremamente lascivo.

O lado curioso de Julieta venceu e ela rapidamente deu uma olhada.

Havia uma lista de sobrenomes dentro da pasta, alguns dos quais ele reconheceu.

Eles eram políticos proeminentes em todos os níveis de governo.

Isso não podia ser o que ela pensava, não é?

Ele clicou em um nome reconhecível, que parecia ser o sobrenome do promotor público da cidade.

Um vídeo foi reproduzido, que parecia uma gravação secreta feita em um luxuoso quarto de hotel.

Sua suspeita foi confirmada, era o promotor, em vídeo, fazendo sexo com o que parecia ser uma acompanhante feminina.

O promotor foi amarrado enquanto eles praticavam atos sexuais humilhantes contra ele.

"Oh meu Deus," ela engasgou, percebendo que acabara de tropeçar em um arquivo de chantagem.

'O que diabos foi isso? Iria ser usado algum dia? Algo estava sendo usado agora? "Ela se perguntou.

Embora não falasse com ninguém da polícia por muitos anos, essa informação precisava ser repassada aos ex-colegas.

Mas ela tinha um grande problema.

Arrombar um escritório e invadir um computador é ilegal sem um mandado.

Ele sabia que o melhor caminho seria fazer uma cópia de todo esse material e repassar anonimamente para seus ex-colegas.

Alguém saberia o que fazer com isso.

Infelizmente, ela não estava carregando nenhum equipamento para fazer uma cópia, o que significava que ela teria que voltar no dia seguinte e terminar o trabalho.

Julieta desligou o aparelho e colocou-o de volta na bolsa.

Usando um lenço de papel, ele limpou o teclado.

Antes de sair do escritório, ele fechou os olhos e respirou fundo.

Ela fez muitos sacrifícios e passou por muitas dificuldades na vida.

Isso realmente seria pior?

Ela sabia que se arrependeria disso.

Com seus desejos sombrios, ela estava liberando um lado de si mesma que gostaria de poder trancar para sempre.

Mas isso seria para um bem maior.

Julieta abriu a porta e se certificou de que a costa estava limpa antes de deixar o escritório do chefe.

Para voltar a este apartamento amanhã, ela teria que passar em uma das provas e ser "iniciada" no grupo de acompanhantes.

Eu nunca veria essas pessoas novamente.

Assim que ela largasse o disfarce, eles nunca a reconheceriam.

Então teria valido a pena o sacrifício.

100   ERIKA SANDERS

Então teria valido a pena o sacrifício.

CAPÍTULO 4

A sala de sexo oral parecia a menos intrusiva, já que ela não teria que despir nenhuma parte de seu corpo.

Como sua irmã mais velha, ela foi abençoada com a habilidade de enfiar um bom pau na garganta sem ter que vomitar.

Se ele pudesse fazer isso uma vez na frente de um grupo de estranhos, ele poderia interromper uma grande conspiração.

Ironicamente, ela nunca havia descoberto uma conspiração tão grande, mesmo quando era detetive oficial.

Ele entrou em uma das salas onde um homem bem vestido observava várias mulheres chuparem consolos de vários tamanhos.

Ele estudou as performances cuidadosamente para descobrir quem tinha as melhores habilidades naturais, sabendo assim o que teria que fazer para melhorá-las.

As mulheres tinham lágrimas nos olhos enquanto a maquiagem descia pelo rosto.

"É a sua vez", disse o homem depois que a última mulher terminou. "Você parece uma garota de 20 centímetros."

Julieta acenou com a cabeça e aceitou o desafio.

"Não há problema"

O homem não ficou impressionado, como se já tivesse ouvido essas mesmas palavras milhares de vezes.

Ele estava claramente acostumado a conhecer mulheres ansiosas para acompanhar figuras de sucesso da mídia e que tinham muito dinheiro.

Julieta pegou o vibrador com indiferença, em uma tentativa de se misturar ao grupo de trabalhadoras do sexo.

Abrindo a boca, ele devorou o brinquedo sexual de uma só vez.

Fechando os olhos, ela envolveu os lábios em torno do vibrador e chupou com tanta força que suas bochechas se enrolaram em torno do brinquedo de silicone.

A cada passagem, ele mergulhava totalmente na garganta sem fazer nenhum som.

Ela abriu os olhos e puxou o vibrador coberto de saliva de sua garganta.

Oh sim, o homem estava satisfeito.

Ele estava sorrindo.

"Talentoso", disse ele, procurando outro brinquedo. "Vamos ver como você se sai com um de dez polegadas."

Julieta manteve sua expressão impassível.

Isso, ela sabia, era um grande risco.

Ele certamente se engasgaria, mas não podia mostrar fraqueza.

Sua capacidade de voltar e terminar o trabalho dependia desse pênis de borracha descendo por sua garganta.

Depois de trocar dildos, ele prendeu a respiração enquanto o colocava na boca.

Ela não hesitou, escolhendo ficar o mais relaxada possível para evitar o disparo de seu reflexo de vômito.

Ele segurou o vibrador em sua garganta.

Antes que ele pudesse emitir um gorgolejo desagradável, ele tirou o consolo da boca e respirou fundo, mantendo um comportamento digno.

"Quero o emprego amanhã", disse Julieta, obrigando-se a parecer tranquila, embora precisasse de mais tempo para respirar bem. "Meus boquetes são melhores do que qualquer outra mulher em todo o prédio."

Ela sentiu os olhares sujos dos outros candidatos a acompanhantes na sala, mas ela tinha coisas mais importantes em sua mente do que seus sentimentos.

O homem acenou com a cabeça.

"Com uma boca assim, certamente temos um uso perfeito para você. Esteja aqui às dez amanhã de manhã. Seu nome estará na lista."

"Obrigado", ele sorriu.

Quando ele saiu da sala, viu o grande segurança mais uma vez.

Desta vez, ele parecia de bom humor.

"A propósito, sou Adams", disse o segurança. "Eu vi o que você fez lá. Muito, muito impressionante, senhorita. Você é um pacote perfeito."

Ela ficou ao lado dele.

"Meu nome é Karen. Adicione-me à sua lista. Estarei aqui um pouco mais cedo amanhã e não tenho nenhum problema com nada."

Ela sabia que sua atitude atrevida só fazia o segurança a querer ainda mais.

Esse pensamento o fez sorrir.

CAPÍTULO 5

Naquela noite, Julieta estava nua em seu apartamento, recém-saída de um banho quente com muito vapor.

Esse nível de estresse era algo que ela havia experimentado antes, mas com o envolvimento de sua irmã, as apostas eram maiores.

Ele enrolou uma toalha em volta do cabelo depois de secar o corpo.

Sentada na cama, ligou para a irmã, que certamente estava ansiosa por novidades.

"Você conseguiu?" Bárbara perguntou imediatamente, após atender a ligação.

"Houve complicações."

"Do que!?"

Julieta podia ouvir o medo na voz da irmã.

Era perfeitamente compreensível, já que sua irmã planejava entrar em negociações de contrato com outra empresa de cabo em alguns dias.

"Eu não posso explicar ainda," Julieta disse calmamente. "Você vai ter que confiar em mim agora. Há mais coisas que tenho que fazer e estarei de volta amanhã."

Barbara engasgou em descrença.

"Por quê? O que diabos você está fazendo?"

"Relaxe. Eu tenho tudo sob controle."

Olhando para seu reflexo nu no espelho, Julieta fez uma pose com as costas arqueadas e as pernas cruzadas.

Ele tirou a toalha da cabeça, deixando o cabelo parcialmente penteado para trás.

"Você sabe o que vai acontecer, certo?" Bárbara perguntou com preocupação genuína. "Eles podem ser um grupo durão."

"Espero evitar isso. Eu vi como eles usaram você."

Depois de um suspiro de Barbara, houve um silêncio absoluto no telefone por vários segundos, e Julieta manteve os olhos focados em suas próprias pernas.

Correr quilômetros incontáveis ao longo de trilhas ao ar livre deu a ele pernas incríveis.

Bárbara bufou.

"Há uma razão pela qual não falamos mais."

"Eu sei, eu não deveria ter dito isso. Tive um dia agitado e amanhã poderia ser pior."

"Não faça nada estúpido".

"Vamos encerrar essa conversa amanhã durante o jantar", disse Julieta. "Eu prometo. Mas agora, estou focado em algo importante."

A conversa terminou em bons termos, então ele voltou ao trabalho.

Ainda nua, Julieta foi até a gaveta e encontrou sua cinta-liga e meias favoritas.

Ele não os usava há anos, nunca mais precisou deles novamente depois de seu antigo emprego na unidade de Vice, trabalhando disfarçado.

Ela parou na frente do espelho e as colocou, deslizando as meias pelos pés e prendendo-as nas alças da cinta-liga em volta das coxas.

Ela posou para o espelho.

De acordo com sua pesquisa, esse era o fetiche do chefe.

E isso ficou especialmente evidente naquela rede de notícias, onde a maioria dos apresentadores durante o dia era conhecida por suas pernas sexy e vestidos curtos.

Olhando para seu reflexo nu em sua liga e meias trouxe de volta muitas boas lembranças.

Ela sabia como usar essas roupas íntimas como arma.

Lembrando-se dos clubes que costumava visitar, ela pensou no sexo violento e degradante que havia usado para aliviar o estresse.

Seus dedos se moveram para baixo e ela fechou os olhos enquanto se tocava.

CAPÍTULO 6

Julieta voltou cedo no dia seguinte, aproximadamente às nove da manhã, para estudar a situação.

Desta vez, ele evitou sua irmã e sua discussão inevitável, o que seria apenas uma distração.

Ela se dirigiu ao andar executivo.

Como no dia anterior, seu cabelo e maquiagem eram glamorosos, mas seu vestido era um pouco mais curto.

Não foi realmente sórdido ou impróprio, mas foi o suficiente para atrair um pouco mais de atenção.

Houve uma reunião de negócios que terminou enquanto Julieta esperava no saguão.

Ela escondeu seu constrangimento movendo as pernas enquanto os velhos executivos de terno lhe lançavam um rápido olhar enquanto se aproximavam do elevador.

Ela simplesmente sorriu enquanto os homens continuavam suas conversas.

Olhando para o corredor, ele pôde ver Stevens retornar ao seu escritório porque Deus sabe quanto tempo.

Ela havia planejado tudo.

Agora era a hora do Plano B.

Ele esperou até que mais mulheres aparecessem para a consulta das dez horas.

O grande segurança estava lá para organizar as mulheres antes que chegasse a hora de sua apresentação.

Julieta cruzou as pernas e girou um pé, o que chamou a atenção de Adams.

Carregando uma pequena bolsa com seu equipamento eletrônico, ela se levantou e caminhou sedutoramente em direção ao segurança.

"O chefe está aí?" ela perguntou.

"Stevens?"

Julieta acenou com a cabeça.

"Sim, posso falar com ele sozinho?"

"Você terá sua chance logo", disse Adams, zombando um pouco. "Estamos esperando as outras garotas aparecerem. Além disso, eu sei sobre o seu talento especial. Sim, com uma boca como a sua, tenho certeza que vai te dar uma chance."

"Na verdade, tenho uma espécie de proposta de negócios. Tenho certeza de que você vai gostar."

Julieta apontou para as pernas e levantou discretamente a frente do vestidinho para revelar a cinta-liga e as meias.

"Delicioso", ele zombou novamente. "Você é um pacote incrível. Você tem uma boca deliciosa e pernas lindas. Isso me faz pensar sobre seus outros talentos."

"Essas são as descobertas para o seu chefe. Se chegarmos a termos mutuamente benéficos, quem sabe, você terá a chance de me testar mais tarde. Até lá, você será um bom menino e conseguirá essa reunião?"

Ele balançou a cabeça lentamente, observando seu corpo no processo.

"Sim, claro, espere."

Adams desceu o corredor e entrou no escritório de Stevens.

A conversa foi breve e ele voltou rapidamente.

Havia uma fome em seu rosto, que parecia quase sinistra.

"Você está com sorte, Karen", disse ele. "O chefe se lembra de ouvir sobre suas façanhas orais ontem e está animado para discutir propostas. Além disso, eu disse a ele o que você tem lá embaixo. Então, vá em frente. O escritório dele é lá."

Ela piscou.

"Obrigado."

Julieta desceu o corredor até a porta aberta.

CAPÍTULO 7

Seria a primeira vez que ela conheceria Stevens e isso a deixava mais nervosa do que correr para criminosos violentos ou traficantes de rua.

Stevens era um homem de profundo poder e influência sobre o sistema político americano.

Um deus no mundo da mídia.

Pior ainda, se ela cometeu um erro, sua pele estava em risco e, neste caso, não havia apoio da polícia para ajudá-la.

Ele entrou no escritório para ver Stevens, uma figura grande e imponente, de pé atrás de sua mesa depois de guardar alguns documentos.

"Posso fechar a porta?" ela perguntou.

Ele zombou dela.

"Por favor, faça. Algumas propostas de negócios são mantidas em sigilo."

Julieta fechou a porta depois de olhar para o corredor e ver Adams piscar para ela.

Agora sozinha com sua presa, ela trabalhou seu charme.

"Você está ocupado, então vou explicar brevemente", disse ele em uma voz sexy. "Eu sei o que homens como você querem. Por que não tenta o contrário? Uma pequena mudança de ritmo de vez em quando."

Stevens deu um passo à frente para colocá-los juntos.

"Vá em frente. O que exatamente sua oferta implicará?"

"Mulher dominante. Homens poderosos adoram ter mulheres, mas o oposto pode ser uma nova experiência sexual. Você já desfrutou do prazer de se submeter a uma mulher poderosa? Estar amarrado e nas mãos de uma mulher dominante. Tenho certeza que muitos de seus amigos e associados vão adorar ser domesticados por mim. Deixe-me dar uma amostra do que posso fazer."

"Então você quer me amarrar?"

"E vendar você", acrescentou ela com um sorriso alegre e um brilho emocionante nos olhos.

"Você é a mulher da garganta profunda, certo?" Stevens perguntou.

"Estou, e estou orgulhoso disso."

"Por que eu iria querer brincar de bondage quando posso provar seu melhor atributo?"

Julieta encolheu os ombros ligeiramente.

"Tenho certeza que você tem uma garganta profunda todos os dias. Por que não tentar minhas outras habilidades?"

"Um negociador forte", ele balançou a cabeça. "Mulheres executivas podem realmente aprender com você. Você é inteligente, feroz e sexy como o inferno. Meu tipo de mulher."

Ela piscou.

"Obrigado."

"Você está nesta profissão há muito tempo?"

"Alguns anos. É meio que meu trabalho paralelo."

"Qual é o seu trabalho em tempo integral?" Eu pergunto.

"Digamos que eu seja um geek de tecnologia e mortal em um computador. Mas não gosto de falar sobre minha vida pessoal."

Stevens deu um sorriso malicioso.

Muitos homens afirmam que gostam de mulheres inteligentes, mas para ele, era verdade.

Julieta sabia que este era um jogo perigoso e que as apostas estavam aumentando.

"Parece bom para mim", disse ele com confiança. "Eu preciso ter você. Vou deixar você fazer o que quiser comigo; me amarre, coloque uma venda em mim, me foda. Tanto faz."

Julieta suprimiu seu próprio sorriso e manteve sua compostura suprema.

Ela era uma especialista em nós, e Stevens logo ficaria desamparado enquanto ela copiava seu disco antes de destruí-lo completamente.

"Vamos começar", disse ela. "Vou usar o ..."

"Não tão rápido. Pegue seu vestido. Mostre-me sua cinta-liga. Eu ouvi coisas muito boas sobre como fica em você."

Sem hesitar, Julieta levantou a frente do vestido para revelar as meias que cobriam as coxas e a calcinha de renda impecáveis.

Apesar da situação complicada em que se encontrava, sentia-se bem por ser desejada dessa forma.

"Gosta do que vê?" Ele perguntou sacudindo os quadris.

Stevens apertou a mandíbula.

"Sim, vou contratá-lo. Mas primeiro você terá que seguir minhas regras."

"E como isso funcionaria?"

Julieta sabia exatamente o que esse homem estava sugerindo.

O medo subiu por sua espinha, mas ela se recusou a recuar.

"Seja minha boneca chupadora um pouco", ela sorriu. "Estou morrendo de vontade de provar seus lábios e garganta. Você é perfeita para o meu pau com aqueles lindos olhos azuis olhando para mim. Vou adorar olhar para você e esfregar seu cabelo enquanto você come meu pau."

Por causa da situação em que Julieta se encontrava, sua boceta se contraiu e começou a ficar inquieta.

Já fazia um tempo que nenhum homem a maltratava daquele jeito.

Ela poderia realmente fazer isso com o homem que estava chantageando sua irmã?

Um homem que orquestrou o dossiê desagradável de vídeos gravados secretamente?

Ninguém teria que saber sobre isso.

Como de costume, o lado mais perigoso de Julieta venceu.

Ele sempre fez.

Sua tendência de viver de forma imprudente foi a principal razão pela qual ele nunca se deu bem com a maioria de sua família.

Ela assentiu.

"Sem jogos. Sem bobagens. Se eu deixar você foder minha boca, então vou amarrá-la e lhe dar um gostinho da verdadeira dominação feminina. Se você gostar dos meus serviços, pode me contratar para você e seus amigos. Temos um acordo?"

"Você é o negociador mais duro que já conheci", disse ela antes de rir. "Claro, veremos o que vem à mente."

Quando o chefe abriu uma gaveta próxima, Julieta viu uma variedade de brinquedos sexuais de aparência familiar.

Era uma coleção impressionante de dispositivos usados para controle e submissão sexual.

Stevens pegou um colar com a palavra 'FOX' inscrita no couro e presa a uma tira.

Naturalmente, ele se perguntou se este era o mesmo colar usado em sua irmã.

O pensamento era difícil de digerir.

"Você já usou um desses?" ele perguntou, segurando-o como uma coroa.

"Eu tenho um desses."

"E você gostou?"

"Já se passaram anos assim", admitiu. "Mas sim, ela gostou de ser presa como um gatinho."

"Bom gatinho. Eu vou adorar isso. Agora fique de joelhos."

Julieta colocou a bolsa em cima da mesa e se ajoelhou, torcendo para que um boquete fosse tudo o que seria exigido dela.

Mas tendo lidado com muitos homens assim, isso parecia improvável.

Pelo menos ninguém descobriria, ele lembrou a si mesmo.

Erguendo o queixo, ela permitiu que Stevens apertasse o colar em seu pescoço.

A pressão implacável em torno de sua garganta desencadeou centros de prazer que ela não notava há muito tempo.

Como se fosse um sinal, sua boceta se apertou.

Olhando por cima de seus joelhos, e antes que seu pênis fosse empurrado em sua boca, Julieta notou uma hesitação nos olhos de Stevens.

"Sabe, há algo em você que me é familiar. Não consigo identificar."

Ela olhou para ele bravamente e rezou para que ele não descobrisse sua identidade.

Em muitos aspectos, Julieta e Barbara eram semelhantes, compartilhando muitas das mesmas características faciais.

Resumidamente, ela se perguntou se deveria ter tingido o cabelo de um tom mais escuro de loiro.

"Eu assisto sua rede de notícias", respondeu ela. "Você se cerca de mulheres bonitas o dia todo. Tenho certeza que tudo se confunde eventualmente."

Ele sorriu, depois riu.

"Você está certo. Agora abra bem a boca, minha vadia suja."

Em um movimento muito fluido, Stevens soltou seu pau, que já estava duro como uma rocha.

Julieta estremeceu ao perceber que esta seria a primeira vez que chuparia um homem enquanto trabalhava.

Acreditando que não haveria nenhuma maneira de desfrutar desta felação, ela se preparou mentalmente para receber seu pênis em sua boca.

Sem esperar por uma entrada graciosa, ela estava preparada para o que viria a seguir.

No momento em que Julieta abriu a boca, Stevens puxou a alça e empurrou em seus quadris.

Em uma fração de segundo, a boca de Julieta foi preenchida com a carne dura do homem e a entrada de sua traqueia foi quase obstruída.

Tinha o gosto e a sensação de qualquer outro pau, mas não era.

Durante os anos de faculdade, Julieta e Bárbara brigavam frequentemente por meninos, mas nunca estavam com o mesmo menino sexualmente.

E agora, ele estava engolindo um pau que sua irmã regularmente chupava e fodia.

E a maior ironia era que ele estava fazendo isso em nome de sua irmã.

Empurrando-o para dentro e para fora de sua garganta, Stevens bateu seu pênis com grande força.

Se ela não estivesse tão presa, poderia ter lutado para ficar de pé.

Mas, ele logo estabeleceu um ritmo previsível que lhe permitiu respirar e ficar ereto.

Julieta naturalmente se perguntou quem Stevens classificaria como o melhor chupador de pau.

Ela o viu foder a boca de sua irmã no vídeo e notou que ele era muito controlado, mesmo durante o orgasmo.

Imaginando se seria possível quebrar sua postura impassível, Julieta começou a participar ativamente, girando a língua ao redor da ponta do pênis enquanto ele entrava e saía de sua boca.

Não haveria mal nenhum em tentar obter um aumento do prazer dele e Julieta tinha certeza de que tinha a capacidade de fazer isso.

Ela entrou momentaneamente em conflito.

Ela sentiu uma pontada de culpa ao pensar em tentar agradar mais a Stevens, que certamente não merecia um segundo de seu tempo.

No entanto, Julieta tendia a ser competitiva e decidiu aceitar o desafio que se propôs.

Em sua posição submissa de chupar o pau, ela relaxou totalmente a mandíbula e começou a trabalhar.

Inclinando a cabeça para trás, um truque que aprendeu com uma prostituta, ela foi capaz de acomodá-lo totalmente.

Seus movimentos eram muito restritos, literalmente, por mantê-la sob rédea curta.

Mas isso não importou.

Cada vez que ele enfiava seu pênis em sua boca, ela chupava com a quantidade perfeita de pressão.

Olhando para cima, ele percebeu que Stevens estava mantendo o foco.

Quando ele puxou, a língua dela dançou ao redor da ponta de seu pênis, tentando capturar qualquer pré-gozo que havia sido produzido.

O homem permaneceu impassível.

Ela fez um zumbido na garganta, o que finalmente fez Stevens sorrir.

O trabalho de sua boca continuou.

Ela observou a cabeça de Stevens sacudir para trás enquanto ele gemia com um volume crescente.

Julieta nem o tinha visto fazer isso com sua irmã.

Se fosse uma competição, ela estava ganhando.

Isso foi mais fácil do que ele esperava e, nesse ritmo, ele teria o chefe amarrado em questão de minutos.

Seu otimismo crescente foi estragado por uma batida na porta.

Ela tentou se afastar, mas o chefe puxou a alça, mantendo a boca cheia de seu pênis.

"Bem na hora", Stevens sorriu. "Eu disse a Adams para voltar. Ele me ajuda com muitos negócios e ajuda a selecionar potenciais parceiros de negócios."

A porta se abriu e Julieta conseguiu virar a cabeça o suficiente para ver o grande segurança entrar na sala.

Adams sorriu largamente, afinal, seu sonho estava prestes a se tornar realidade.

CAPÍTULO 8

Stevens tocou suavemente a bochecha de Julieta.

"Olhe para mim. Você pode parar quando quiser. Basta tocar. Grite. Diga alguma coisa. Então você vai sair. Acene com a cabeça se entender."

Julieta conseguiu acenar com a cabeça, mesmo com seu pênis preso em sua boca.

"Bom", respondeu ele. "Adams, tire a roupa dele."

"Com prazer, chefe", disse o segurança em um tom frio.

A porta se fechou e, quando Adams parou atrás dela, Julieta sentiu a frente do vestido cair até a cintura.

Mãos grandes acariciaram suas costas antes de abrir o zíper de seu sutiã e liberar seus seios brincalhões.

O corpo de Julieta respondeu, como sempre, ao tratamento áspero.

Embora ele tivesse escolhido se afastar desse estilo de vida, parecia um retorno ao lar.

Seus mamilos rosados endureceram antes mesmo que os dedos grossos de Adams os agarrassem.

Isso a fez corar.

Enquanto o pau ainda estava alojado em sua garganta, o grande homem levantou Julieta do chão para que ela pudesse puxar o vestido debaixo dela.

Suas ligas e calcinhas foram rasgadas e jogadas de lado.

Em seguida, ele tirou os calcanhares e arrancou as mcias.

Ela estava nua.

Fodidamente nu.

Da cabeça aos pés, exceto pelo colar em volta do pescoço.

A coisa mais inteligente a fazer era tirar vantagem disso.

Ele deve admitir a derrota e ir embora com o que restou de sua dignidade.

Mas Julieta era teimosa, o que era uma característica de família.

E, de uma forma estranha, essa era sua maneira de ajudar a encontrar justiça para todos com os arquivos de chantagem de Stevens.

Foi também a sua forma de corrigir os erros que cometeu na vida: como ex-detetive da polícia e como irmã mais nova.

Uma forma de expiação.

É verdade que o medo e a ansiedade que sentia por estar nua, à mercê de dois grandes estranhos, a excitavam.

Com um pênis já em sua boca, ela se perguntou o que aconteceria quando sua vagina pingasse líquido no chão.

Stevens retomou o ataque à sua garganta.

Sua boca estava muito esticada e sua mandíbula doía com os movimentos agressivos.

No entanto, ela manteve os dentes longe de seu pênis, graças a anos de experiência.

Depois de mais alguns golpes, Stevens empurrou seu pênis por vários segundos.

Embora incapaz de respirar, Julieta permaneceu calma.

Felizmente, Stevens puxou seu pau para fora e Julieta ofegou por ar.

"Você é uma mulher que trabalha agora, certo?" Stevens perguntou, como se isso tivesse se transformado em um interrogatório. "Ninguém colocou você nisso? Você está aqui sozinha, como mulher de negócios, correto?"

Julieta respirou fundo e gorgolejou, saliva escorrendo pelo queixo.

"Eu chupo um pau como a porra de um policial ou algo assim?"

"Eu nunca disse que você era policial. Só estou perguntando."

Ele cuspiu para não engasgar.

"Eu sou uma fodida mulher de negócios."

"Tudo bem então. Adams, comece a trabalhar em sua boceta. Eu cuidarei de sua boca. Veremos se ela quebra."

Eles a puxaram pela guia e forçaram Julieta a rastejar em direção ao sofá como um cachorro.

Stevens se acomodou, um joelho no sofá e uma perna no chão.

Ele deu um tapinha na almofada e Julieta subiu no sofá.

Estava de quatro, entre as pernas e na frente dele.

Mantendo contato visual com o chefe, ela ouviu Adams se despir e ficar atrás dela.

Quase imediatamente, as grandes mãos do segurança espalharam suas nádegas, e Julieta soube que ele estava dando uma boa olhada em sua boceta molhada e ânus.

Enquanto esperava ansiosamente, ela manteve o rosto calmo para que Stevens continuasse a pensar que ela era uma verdadeira prostituta.

Mas quando os dedos de Adams começaram a sondar sua boceta, ela engasgou.

"Termine de chupar meu pau," Stevens ordenou. "Você está fazendo muito bem".

Enquanto ela relaxava ao ritmo do pênis de Stevens se movendo para dentro e para fora de sua boca, ela se perguntou que tamanho de pacote Adams era.

O elemento do desconhecido sempre foi atraente para ela.

Adams se tornou mais insistente e intrometido, inserindo dois dedos grossos em sua boceta.

"Merda, ela é apertada para uma prostituta", ele murmurou, quase para si mesmo.

O chefe sorriu.

"Então foda-a já."

Julieta sentiu Adams retirar seus dedos e substituí-los pela cabeça de seu pênis.

Ela tentou ter uma ideia do tamanho e ficou devidamente impressionada.

Era definitivamente muito maior do que Stevens e ela estava completamente focada em sua boceta, embora Stevens continuasse a furar sua boca.

A entrada de Adams em seu buraco na necessidade foi mais atenciosa do que ele esperava.

Empurrando contra sua pélvis, o segurança avançou com a cabeça de seu pênis e continuou empurrando, centímetro a centímetro, seu pau longo e grosso.

Quando Julieta achou que não aguentaria mais, Adams se inclinou para frente e a empurrou até o fim.

Ela congelou momentaneamente enquanto se ajustava a sua ereção maciça e então retomou suas manipulações orais em Stevens.

Quando Adams começou a entrar e sair de sua boceta altamente estimulada, ela sentiu uma sensação de pertencimento.

"Eu posso sentir isso esticar," rosnou Adams.

"Você deveria tentar a garganta dela da próxima vez. Tenho certeza que o Conselho vai amá-la. Vou colocá-la sob a mesa em todas as reuniões. É onde ela pertence. De joelhos."

No passado, Julieta havia desfrutado de muitos atos sexuais depravados.

Mas estar preso entre dois homens, poderosos de tantas maneiras diferentes, era o mais emocionante.

Não havia dúvida, ela estava sendo dominada e amava cada segundo que era desviada da situação enquanto lágrimas de tensão corriam por seu rosto.

Embora estivesse livre para partir a qualquer momento, ele achava essa união pouco convencional irresistível.

Ambos os homens usaram para seu próprio prazer e, como resultado, Julieta sentiu seu corpo ficar tenso, preparando-se para se libertar.

Os movimentos do pênis de Stevens ficaram mais frenéticos e ela sabia que ele estava perto também.

Enquanto isso, Adams estava se divertindo muito com sua buceta.

Batendo cada vez mais forte.

Seus golpes ficaram mais intensos e urgentes enquanto seus dedos se cravavam profundamente em seus quadris.

A doce fricção de seu pênis entrando e saindo de seu túnel a estava levando rapidamente a um clímax úmido e vertiginoso.

De repente, ela quebrou e sentiu sua vagina se contrair contra o espesso poste enquanto ele a empalava.

Espasmos balançaram seu corpo enquanto ela tentava gemer, mas foram abafados pelo pênis alojado em sua boca.

"Foda-se, sim, vadia. Venha, meu pau," Adams rosnou.

Julieta ficou envergonhada e muito feliz ao mesmo tempo.

Ele vestia aquele manto emocional confortavelmente.

Já fazia muito tempo desde que ela experimentou um orgasmo tão poderoso e ela sabia que seria difícil se afastar desse prazer incrível mais uma vez.

No final, ela fez uma grande bagunça molhada no sofá de couro e no chão com o jato forte que expulsou.

Ela tinha certeza de que ninguém se importaria, exceto quem estava encarregado de limpar o escritório.

Stevens estalou:

"Vou atirar minha carga na boca dele. Adams, você está pronto?"

"Estou pronto para isso desde o momento em que a conheci."

Os dois homens puxaram seus pênis para fora do corpo usado de Julieta e a viraram para encará-los enquanto estavam diante dela.

Julieta jogou a cabeça para trás, abrindo a boca, enquanto os dois homens se acariciavam até ejacularem.

Os jatos salgados de ambos os homens começaram a cobrir sua língua, boca e garganta.

O esguicho parecia interminável.

De alguma forma, ele conseguiu engolir as cargas enquanto a inundação continuava.

Ela ficou surpresa por não ter vomitado.

Quando os orgasmos dos homens acabaram, Julieta desabou no chão em um torpor cheio de esperma.

Ele engasgou com a boca coberta de porra e lutou para lembrar exatamente porque ele estava lá.

Os dois homens ficaram em cima dela, seus pênis molhados e flácidos balançando.

Naquele momento, ele mal conseguia entender suas palavras, ou quem estava dizendo o quê.

"Que merda maravilhosa. Ela é uma verdadeira chupadora de pau."

"A melhor boceta que já tive em muito tempo. E ela tem uma bunda ótima. Parece que eu poderia ter uma posição de âncora de notícias aqui."

A mente de Julieta flutuou em sua névoa pós-orgástica, pensando em sua irmã e no verdadeiro propósito de sua visita.

Ele observou os homens olhando para seus corpos nus e mamilos rosados, junto com o suor em seus peitos e testas.

Stevens se abaixou para remover a alça e então conseguiu respirar confortavelmente novamente.

CAPÍTULO 9

Para sua surpresa, Stevens manteve sua palavra.

Os dois estavam completamente nus no escritório e ela o imobilizou completamente.

Uma especialista em nós, ela sabia como subjugar um cara grande.

Depois de vendá-lo, ela enfiou a calcinha rasgada na boca.

Nua, ela agarrou sua bolsa e correu para a mesa.

Ele puxou um de seus telefones e o conectou ao servidor.

Quando ele teve acesso ao disco, ele percebeu que todas as câmeras secretas estavam ativas e gravando.

Ele acessou a câmera no mesmo escritório e retrocedeu a filmagem que ela havia gravado.

Julieta se viu em um vídeo sugando e sugando, sendo controlada por uma correia.

Ela acelerou o vídeo um pouco mais e se viu sendo fodida por trás enquanto chupava o pau de Stevens.

Era meio constrangedor se ver sendo imprensada e fodida por aqueles dois homens grandes e dominantes.

"Idiota", ele murmurou.

Ele percebeu que o tempo era essencial quando ouviu Stevens gritar através da mordaça.

Mesmo com os olhos vendados, percebeu que o chefe sabia o que estava acontecendo e o que estava acontecendo com a unidade.

Depois de fazer uma cópia digital de tudo, ele conectou seu outro telefone e ficou lá por um minuto enquanto todo o disco rígido estava sendo completamente destruído.

Seu trabalho estava feito.

Tudo o que ele precisava fazer era escapar, mas não pôde evitar dar uma última olhada neste chantagista.

Ela se virou para Stevens.

Nesse ponto, ela estava acostumada a ficar nua no escritório e se inclinou para dar um tapinha em seu ombro.

"Obrigado pela foda gostosa", disse ele em seu ouvido. "Não se preocupe, vou deixar a porta entreaberta para que alguém possa encontrar você. A essa altura, terei partido e você nunca mais me verá. E só para constar, valeu a pena."

Depois de beijá-lo na testa e vê-lo lutar com todas as forças, Julieta colocou o vestido.

Ela calçou os calcanhares e saiu correndo do escritório.

Embora cambaleando, ela escapou sem problemas.

EPÍLOGO

Quando já estava longe do prédio e descendo a movimentada rua da cidade, percebeu que seu hálito cheirava a esperma.

Duas cargas gigantes fariam isso com qualquer garota.

Mas apertando sua bolsa com força, ela percebeu que havia prestado um grande serviço público.

Embora fosse um pensamento satisfatório, ele não podia negar que o brilho caloroso desse encontro sexual foi muito surpreendente.

Talvez fosse hora de tirar o pó de seu equipamento e voltar para os clubes de sexo violento para desabafar.

FIM